毕淑敏散文集

送你一颗光芒海

毕淑敏 著

北京出版集团
北京十月文艺出版社

目录

送你一颗光芒海（代序）

到伊朗旅行。还没出发，同行女友就说咱们一定要挑个好日子。我纳闷，说你是要避开什么特定的时辰吗？朋友说，伊朗有个珍宝博物馆，是一定要看的。它每星期只开放两天，每次只有很短的几个小时。如果我们碰到它闭馆，就太遗憾了。

于是我们的出发和返程，都是按照伊朗珍宝博物馆的时间而设定。这样哪怕是出了意外情况，也有双保险。女人都喜爱珠宝，纵是无法拥有，看一看也是好的呀！

博物馆在德黑兰市的菲尔杜西街，因为在闹市区了，门口不可以停车，我们从很远的地方下了车，步行过去。翻译是位资深的伊朗学者，对波斯历史颇有研究。他开玩笑地说，一会儿各位出来的时候，眼睛也许会闪耀黄金和钻石的光芒。

珍宝馆在伊朗中央银行地下室，或者更确切地说它就是金库，里面储藏着波斯帝国历代的王座、王冠、宝剑、珠宝、首饰等宫廷用品。翻译说，这些价值连城的宝贝，本来是属于国王他们家的，1938年，当时在位的礼萨·汗国王，把王室的藏品交给了伊朗国家银行，作为发行纸币的担保。1960年底，这个馆开始对公众开放。

珍宝馆先声夺人，不同凡响。我说的不是它的藏品，这时候我们还没来得及进馆呢，我说的是它的森严。在通往珍宝馆的路上，我们连续接受了三道安检。且不说书包、照相机等不能带进去，就连手机也要掏出来交付安全人员托管，真正做到身无长物，裸着进馆了。

悠长的台阶，走得人心惊肉跳。一步步走向地心，灯光幽暗，有一种洞穴探宝的感觉。珍宝馆内昏晦如夜，刚进去一时间你判断不出它的面积，好像无边广阔，也好像只有几间屋子大小。在黯淡的底色当中，一处处闪亮的岛屿，就是防弹玻璃构成的陈列柜，就是那些惊世骇俗的珠宝栖息之地。首先映入眼帘的是巴列维国王的王冠，翻译告诉我们其上镶有3380颗钻石，共重2000余克拉。

翻译悄声向我们普及钻石的知识。由于钻石的珍贵和细小，重量就不能大刀阔斧地计量，改用了谨小慎微的“克拉”。这个标准是古希腊人最先制定的，他们所用的砝码，是生长在爱琴海岸边的角豆树种子。这种种子很小很轻，每颗的重量都基本相同。1克拉是200毫克，也就是0.2克。5克拉相当于1克。

我在以色列耶路撒冷城见过这种植物，类乎皂角树。它的种子被称为克拉豆，比绿豆稍大一点点，但没有绿豆那样丰满，呈扁平的椭圆形，浅淡的咖啡色，摸起来有轻的油腻润滑感。摆在手心上几颗细细比较，果然难兄难弟的，万分相似。世界上已经发现的最大钻石，名叫“库利南”，重达3106克拉，有莽汉的拳头那么大，我国的“常林钻石”，重158克拉，似青皮小桃那么大。

重量在1克拉以下的钻石，只能用更微小的计量单位，叫作“分”。1克拉等于100分，1分也就是2毫克。常见某个女子被富豪家迎娶，大秀特秀她的钻戒，重量是几克拉，引得人们尖叫。

伊朗国王王冠上2000多克拉钻石，共计400多克，快合咱们的1市斤了。国王头戴这么重的王冠，是不是容易得颈椎病呢？我们在这厢刚被钻石闪得目光迷离，转过身去再被巨大的刻花金板晃得头晕眼花。金板足足有20公斤重，其上还嵌有用钻石镶嵌的文字，说这是犹太教民在礼萨·汗国王加冕时的进献。旋即被惊得浑身抖擞。一个37公斤重的纯金地球仪，劈面而来。这个黄金球上覆盖着密密麻麻的宝石，有5万多颗，总重量高达1.82万克拉。它是先用纯金铸了个模拟地球的大球，再用宝石显示地球上的海洋和各国的具体位置。海洋用的是绿色宝石，估计是祖母绿。我私下里觉得海洋区域应该用蓝宝石，工匠之所以不这样安排的原因，我绝不敢推论是因为蓝宝石数量不够多，而用绿宝石替代。最大的可能是祖母绿比蓝宝石更为豪华奢靡。或者是因为从波斯湾看到的海水多呈绿色，故如此设计。

这架地球仪，起因是1848年纳赛尔·丁国王继位后，觉得王室无数零散宝石不便于保存，遂生出一个主意，让工匠们制造珠宝地球仪。这一工程费时多年，至1869年完工。世界各国的位置，用红宝石表示，伊朗、法国、英国和东南亚用钻石来表示。我仔细看了看中国的位置，似乎是以碎钻标出来的（隔着防弹玻璃，不知道判断准否？说错了，请恕。我不是珠宝专家）。不知道这种区别，是表示和这些国家比较亲善，还是率性为之。苛刻要求，该地球仪中国大陆的海岸线标得不够细致，略显陡直。

另外一个吸引眼球的珠宝，是象征着伊朗王权、镶满珠宝的“孔雀宝座”。它是一把孔雀开屏形状的金交椅，和咱们的皇帝宝座——比如康熙御制五屏式黄地填漆云龙纹宝座，有的一拼。孔雀宝座上，也是镶满了钻石，据说有2万多颗。

目瞪口呆之时，翻译说，所有熠熠生辉的宝贝，在镇馆之宝“光芒之海”面前，还是相形见绌了。来，请跟我走。

“光芒之海”落落寡合地独立陈放在地中央，可能是为了人们可以从四面八方围观它的风采。它的颜色是极清淡的浅粉。打个比方吧，好像满天飘洒坠落的樱花，被取来了一瓣，轻轻地放在白丝帕中，拧出了一小滴汁。然后将这极微小的一粒粉汁，放入一大盆矿泉水中，然后放到北极，经过周天寒彻的冷冻，成为一块无瑕的冰。小心翼翼地敲下一块儿，就成了钻石。它清冷寒澈，极浅淡的樱红色，散射着柔和无比的光芒，好像一朵花在害羞地沉思。“光芒之海”的重量是182克拉。它的具体尺寸是：长1.5英寸，宽1英寸，厚0.375英寸。（1

英寸等于2.54厘米）整个钻石呈现出令人心痛的美丽。它是世界上最大的业已琢磨的钻石之一，还有一块与之比肩的钻石，名叫“光明之山”，史称“科依诺尔”。“光明之山”也是稀有的艳钻，呈淡蓝灰色。重量比“光芒之海”少一些，为105.6克拉。因为发现的时间比“光芒之海”早，咱就称它为哥哥吧。这两颗赫赫有名的兄妹艳钻，原来同属于印度的莫卧儿王朝，如今天各一方。哥哥“光明之山”几经转手，现为英国王室所有。2002年4月9日，在伦敦威斯敏斯特教堂举行的王太后葬礼上，“光明之山”被放置在王太后的棺木上，举世目睹了这一宝物。妹妹孤寂地留在伊朗的金库里，供万人瞻仰。

待我们翻过来掉过去瞧了个够，翻译微笑着问，你们可知道钻石究竟是什么东西？

大家说，知道。就是金刚石嘛！

翻译说，把金刚石和钻石混为一谈，这种说法不准确，钻石是金刚石精加工而成的产品，它们之间的关系，如同麦子和馒头。麦穗要经过多少寒暑和碾磨，还有蒸煮，才能成为食品？钻石是金刚石变化而成的，这条道路十分艰难。先说金刚石，它之所以宝贵，是因为在世界天然矿物中，它是最坚硬的晶体。测定矿物硬度最常用的标准，是德国科学家莫氏（Friedrich Mohs）定的，共分10级。金刚石就矗立在冠军的宝座上，它的硬度是10。咱们常见的铁，硬度只有4。纯铜就更软了，只有3。

因为无与伦比的坚硬，很多人想当然地以为钻石一定成分很复杂，其实它是最简单的宝石，只由碳元素这独一味组成。说起这碳元素的底子，实在是平常之物。比如能燃烧的煤块、书写时乌黑易断的铅笔芯，还有入口即化的白砂糖，其主要成分，都是碳原子啊。

大家笑起来说，知道，钻石和咱平日吃的大米饭，是未出五服的近亲。

翻译说，人们常常以为复杂才有力量，神秘才不平凡。却不料身为宝石之王的钻石，单一到了不可思议。那么，为什么煤炭和馒头，并没有成就伟业。是什么使普通的碳元素，变成了光艳闪烁的珠宝呢？

翻译接着强调，所有的秘密在于原子之间的连接。每一粒金刚石，都是碳原子忍受过极高的温度和极大的压力之后才形成的。如果压力不够高或是温度不够高，或者虽然有过高压高温，但时间不够长，碳的结晶连接便杂乱无章，只能形成黑油油的石墨。告诉你们一个检验真假钻石简便易行的方法。先找来一支石墨芯的铅笔，再把钻石用水湿润，然后用铅笔轻轻地刻画一道。如果是真钻石，晶面上不留任何痕迹。如果是玻璃、水晶等物件，就会在表面上留下黑痕。

我们听后大不解，问这钻石也有灵性吗？认出和石墨本是同根生的兄弟，所以一见面就亲热地不分彼此吗？

翻译说，它们的化学成分是一样的，只是排列的不同。就像一滴水落进了大海，水和水就大团圆了，你分得出这一滴水和那一滴水的界限吗？

虽然在理论上说，只要有了一定的压力和温度，钻石可形成于地球的各个历史阶段，但目前开采出来的钻石，历史都极其古老。几乎全部形成于距今33亿年前或是12亿—17亿年这两个时期。来自南非的钻石辈分就更大了，在45亿年左右。那时地球刚刚诞生不久，钻石便已开始在地球深部结晶。

古老而单纯的金刚石一经形成，在自然界就没有任何力量能让它们磨损和消失。像“光芒之海”这种极其稀少的带色艳钻，身世更为不凡。它们主要是由火山爆发才显露人间。地球深处的岩石由于火山活动，被带到地表或地球浅部，经过风吹雨打而风化、破碎，在水流冲刷下，破碎的原岩连同钻石被带到河床，甚至海岸地带沉积下来，在某一天被某人幸运地发现，从此崭露头角。好的钻石，同时具备美丽、耐久和稀少这三大要素，集人世间最高的硬度，极强的折射率和色散度于一体，于是理所当然地成了宝石的王者。而一颗美轮美奂的钻石，除了大自然的恩宠之外，还有无数人的汗水掺杂其中。从它的开采、分选、加工、分级、销售，到最后卖到购买者手中，涉及二百多万人的劳作。如此说来，一枚钻戒的晶莹中，每一道折射的光线，都凝聚了数不清的心血。钻石是天地和人间的合谋，才升华得如此美艳。沧海桑田千变万化中，唯有钻石坚定地保持原始而单纯的透明，雄视天下。面对如此的繁复和悠久，你不由得对钻石蕴藉的时间和品质肃然起敬。

走出珍宝馆，在明亮的阳光下，我们有一刻悄然无声。翻译最先打破了沉默，说，请大家互相对视一眼，看看彼此眼珠上是不是还有宝石的光斑存在？明知他是开玩笑，我们还是不由自主地互相瞄了起来，然后才算微笑着回到了人间。翻译说，我领着很多人参观过珍宝博物馆，出来之后大家都会沉默。这挺有意思，我一直没想出来这是为什么。也许是因为看完之后和没看之前，对财富的认识起了变化。

我说，你认为这是什么变化呢？

翻译说，会觉得这些旷世珠宝，不应该属于任何人，只能是属于整个人类。它们曾是大自然的杰作，不应该被任何人攫为己有。国王不行，其他人也不行。

我频频点头，问他也问大家，那么，在所有的珠宝中，你最喜欢哪一枚？或者说是哪一珠宝组团呢？

面对汪洋大海般的珠宝库，我一时词穷，不知道如何称呼，自创了“珠宝组团”这词。

大家纷纷作答。有人说是珠宝地球仪，让人从感官上就觉出地球珍贵乃无价之宝。有人说是孔雀开屏形状的国王座椅，威严中透出奢靡，不可一世。有人说是那堆积如山的零散宝石和珍珠，因为它们还未曾雕琢，或许能制造成最瑰丽的成品，最美的可能性蕴含其中。

翻译说，我最喜欢“光芒之海”。现在，作为纪念，我送大家每人一颗“光芒之海”。

我们大笑，说别逗乐了，你送不起的。“光芒之海”价值连城，或者说根本就是无价之宝。这颗钻石曾引发波斯王国和印度的血雨腥风，岂是你可以拱手相送的？再说啦，送每人一颗，你好大的口气！好像这“光芒之海”可以批发似的，谁不知道，“光芒之海”是倾城倾国的孤品啊！

翻译收敛起笑容说，每次参观后，我都会对大家说，送你一颗“光芒之海”。不错，粉红艳钻“光芒之海”，这世上只有一颗，我们没法子也不应该将它攫为己有。不过，每个人都可以藏有一颗心灵的“光芒之海”。你可以像它那样高贵而尊严，天下独霸，唯此为大。没有人能够重复你，你拥有无与伦比的价值。你可以始终如一地像它那样清澈如水，无论深陷怎样的泥沼，抹上多少血腥，依然洁身自好，单纯如一，不计人间宠辱。还要说说它的颜色，如最浅的碧桃花落入流动的溪水中，疏淡静雅，内敛安宁。真正的爱，正是以这种颜色这种状态为最佳。不浓烈，但持久。不汹涌澎湃，但永不停息地流动。它简单到只用一个“爱”字就可以全然概括，如钻石的组成成分唯碳一味那般单纯。心灵的连接应该做到如此紧密，就像钻石无坚不摧，永不弯曲。最后一条，我喜欢它的名字——“光芒之海”……想想看，数不清的金色的线条汇聚成海，那是多大的能量和多么持之以恒的温暖啊！

在德黑兰熙熙攘攘的大街上，我们不由自主地把手掌微微地拳了起来。每个人的手心，都握住了一颗“光芒之海”。

精神的三间小屋

面对那句——人的心灵，应该比大地、海洋和天空都更为博大的名言，自惭形秽。我们难以拥有那样雄浑的襟怀，不知累积至那种广袤，需如何积攒每一粒泥土？每一朵浪花？每一朵云霓？

甚至那句恨不能人人皆知的中国古话——宰相肚里能撑船，也让我们在敬仰之余，不知所措。也许因为我们不过是小小的草民，即便怀有效仿的渴望，也终是可望而不可即，便以位卑宽宥了自己。

两句关于人的心灵的描述，不约而同地使用了空间的概念。人的肢体活动，需要空间。人的心灵活动，也需要空间。那容心之所，该有怎样的面积和布置？

人们常常说，安居才能乐业。如今的城里人一见面，就问，你是住两居室还是三居室啊……喔，两居室窄巴点，三居室虽说也不富余，也算小康了。

身体活动的空间是可以计量的，心灵活动的疆域，是否也可有个基本达标的数值？

有一颗大心，才盛得下喜怒，输得出力量。于是，宜选月冷风清竹木萧萧之处，为自己的精神修建三间小屋。

第一间，盛放我们的爱和恨。对父母的尊爱，对伴侣的情爱，对子女的疼爱，对朋友的关爱，对万物的慈爱，对生命的珍爱……对丑恶的仇恨，对污浊的厌烦，对虚伪的憎恶，对卑劣的蔑视……这些复杂而对立的情感，林林总总，会将这间小屋挤得满满，间不容发。你的一生，经历过的所有悲欢离合喜怒哀乐，仿佛以木石制作的古老乐器，铺陈在精神小屋的几案上，一任岁月飘逝。在某一个金戈铁血之夜，它们会无师自通，与天地呼应，铮铮作响。假若爱比恨多，小屋就光明温暖，像一座金色池塘，有红色的鲤鱼游弋，那是你的大福气。假如恨比爱多，小屋就阴风惨惨，厉鬼出没，你的精神悲戚压抑，形销骨立。如果想重温祥和，就得净手焚香，洒扫庭院。销毁你的精神垃圾，重塑你的精神天花板，让一束圣洁的阳光，从天窗洒入。

无论一生遭受多少困厄欺诈，请依然相信人类的光明大于暗影。哪怕是只多一个百分点呢，也是希望永恒在前。所以，在布置我们的精神空间时，给爱留下足够的容量。

第二间，盛放我们的事业。一个人从25岁开始做工，直到60岁退休，他要在工作岗位上度过整整35年的时光。按一日工作8小时，一周工作5天，每年就要为你的职业付出2000个小时。倘若一直干到退休，那就是70000个小时。在这个庞大的数字面前，相信大多数人都会始于惊骇终于沉思。假如你所从事的工作，是你的爱好，这70000个小时，将是怎样快活和充满创意的时光！假如你不喜欢它，漫长的70000个小时，足以让花容磨损日月无光，每一天都如同穿着淋湿的衬衣，芒刺在身。

我不晓得一下子就找对了行业的人，能占多大比例？从大多数人谈到工作时乏味麻木的表情推算，估计这样的幸运儿不多。不要轻觑了事业对精神的濡养或反之的腐蚀作用，它以深远的力度和广度，挟持着我们的精神，以成为它麾下持久的人质。

适合你的事业，不靠天赐，主要靠自我寻找。这不但是因为相宜的事业，并非像雨后白桦林的菌子一样，俯拾即是，而且因为我们对自身的认识，也是抽丝剥茧，需要水落石出的流程。你很难预知，将在18岁还是40岁甚至更沧桑的时分，才真正触摸到倾心的爱好。当我们太年轻的时候，因为尚无法真正独立，受种种条件的制约，那附着在事业外壳上的金钱地位，或是其他显赫的光环，也许会灼晃了我们的眼睛。当我们有了足够的定力，将事业之外的赘生物一一剥除，露出它单纯可爱的本质时，可能已耗费半生。然费时弥久，精神的小屋，也定需住进你所爱好的事业。否则，鸠占鹊巢，李代桃僵，那屋内必是鸡飞狗跳，不得安宁。

我们的事业，是我们的田野。我们背负着它，播种着，耕耘着，收获着，欣喜地走向生命的远方。规划自己的事业生涯，使事业和人生，呈现缤纷和谐相得益彰的局面，是第二间精神小屋坚固优雅的要诀。

第三间，安放我们自身。这好像是一个怪异的说法。我们自己的精神住所，不住着自己，又住着谁呢？

可它又确是我们常常犯下的重大失误——在我们的小屋里，住着所有我们认识的人，唯独没有我们自己。我们把自己的头脑，变成他人思想汽车驰骋的高速公路，却不给自己的思维，留下一条细细的羊肠小道。我们把自己的头脑，变成搜罗最新信息网络八面来风的集装箱，却不给自己的发现，留下一个小小的储藏盒。我们说出的话，无论声音多么嘹亮，都是别的喉咙嘟囔过的。我们发表的意见，无论多么周全，都是别的手指圈画过的。我们把世界万物保管得好好，偏偏弄丢了开启自己的钥匙。在自己独居的房屋里，找不到自己曾经生存的证据。

如果真是那样，我们精神的小屋，不必等待地震和潮汐，在微风中就悄无声息地坍塌了。它纸糊的墙壁化为灰烬，白雪的顶棚变作泥泞，露水的地面成了沼泽，江米纸的窗棂破裂，露出惨淡而真实的世界。你的精神，孤独地在风雨中飘零。

三间小屋，说大不大，说小不小。非常世界，建立精神的栖息地，是智慧生灵的义务，每个人都有如此的权利。我们可以不美丽，但我们健康。我们可以不伟大，但我们庄严。我们可以不完满，但我们努力。我们可以不永恒，但我们真诚。

当我们把自己的精神小屋建筑得美观结实，储物丰富之后，不妨扩大疆域，增修新舍。矗立我们的精神大厦，开拓我们的精神旷野。因为，精神的宇宙，是如此的辽阔啊。

人总是要说谎的。谁要是说自己不说谎，这就是一个彻头彻尾的谎言。

有的人一生都在说谎，他的存在就是一个谎言。世界是由真实的材料构成的，谎言像泡沫一样浮动在表面，时间使它消耗殆尽，就好像从来没有发生过似的。

有的人偶尔说谎，除了他自己，没有人知道这是一个谎言。谎言在某些时候只是说话人的善良愿望，只要不害人，说说也无妨。

对谎言刻骨铭心的印象，可以追溯很远。小的时候在幼儿园，每天游戏时有一个节目，就是小朋友说自己家里有什么玩具。一个说，我家有会说话的玩具青蛙。那时我们只见过上了弦会蹦的铁皮蛤蟆，小小的心眼一计算，大人们既然能造出会跑的动物，也能让它叫唤，就都信了。又一个小朋友说，我家有一个玩具火车，像一间房子那样长……我呆呆地看着那个男孩，前一天我才到他们家玩过，绝没有看到那么庞大的火车……我本来是可以拆穿这个谎言的，但是看到大家那么兴奋地注视着说谎者，我不由自主地说：我们家也有一列玩具火车，像操场那么长……

哇哇！那么长的火车！多好啊！小伙伴齐声赞叹。

那你明天把它带到幼儿园里让我们看看好了。那个男孩沉着地说。

好啊！好啊！大家欢呼雀跃。

我幼小身体里的血脉一下冷凝住了。天哪，我到哪里去找那么宏伟的玩具火车？也许世界上根本就没有造出来！

我看着那个男孩，我从他小小的褐色眼珠里读出了期望。

他为什么会这么有兴趣？依我们小小的年纪，还完全不懂得落井下石……想啊想，我终于明白了！

我大声对他也对大家说：让他先把房子一样大的火车拿来给咱们看了，我就把家里操场一样长的火车带来。

危机就这样缓解了。第二天，我悄悄地观察着大家。我真怕大伙追问那个男孩，因为我知道他是拿不出来的。大家在嘲笑了他之后，就会问我要操场一般大的玩具火车。我和那个男孩忐忑不安，彼此没说什么，只是一整天都是我们俩在一起玩。幸好那天很平静，没有一个小朋友提起过这件事。

我的小小的心提在喉咙口好久，我怕哪个记性好的小朋友突然想起来。但是日子一天天平安地过去了，大家都遗忘了，甚至在以后再说起玩具的时候，我吓得要死，也并没有人说火车的事。

真正把心放下来是从幼儿园毕业的那天。当我离开朝夕相处的老师和小朋友的时候，当然也有点恋恋不舍，但主要是像鸟一样的轻松了，我再也不用为那列子虚乌有的火车操心了。

这是我有记忆以来最清晰的一次说谎，它给我心理上造成的沉重负担，简直是童年之最。在漫长的岁月里我无数次地反思，总结出几条教训。

一是撒谎其实不值得。图了一时之快活，遭了长期之苦难。占小便宜吃大亏。不到万不得已，不要说谎。

二是说谎很普遍。且不说那个男孩显然在说谎，就是其他的小朋友，也经常浸泡在谎言之中。证据就是他们并不追问我大火车的下落了。小孩的记性其实极好，他们不问，并不是忘了，而是觉得此事没指望了。也就是说，他们知道这是一个骗局。他们之所以能看清真相，是因为同病相怜。

三是说谎是一门学问，需要好好研究。主要是为了找出规律，知道什么时候可说谎，什么时候不可说谎，划一个严格的界限。附带的是要锻炼出一双能识别谎言的眼睛，在苍茫人海中谨防受骗。

修炼多年，对于说谎的原则，有了些许心得。

平素我是不说谎的，没有别的理由，只是因为怕累。人活在世上，真实的世界已经太多麻烦，再加上一个虚幻世界掺和在里面，岂不更乱了套？但在我的心灵深处，生长着一棵谎言三叶草。当它的每一片叶子都被我毫不犹豫地摘下来的时候，我就开始说谎了。

三叶草的第一片叶子是善良。不要以为所有的谎言都是恶意，善良更容易把我们载到谎言的彼岸。我当过许多年的医生，当那些身患绝症的病人殷殷地拉了我的手，眼巴巴地问：大夫，你说我还能治好吗？我总是毫不踌躇地回答：能治好！我甚至不觉得这是一个谎言。它是我和病人心中共同的希望，在不远的微明处闪着光。当事情没有糟到一塌糊涂的时候，善良的谎言也是支撑我们前进的动力啊！

三叶草的第二片叶子是此谎言没有险恶的后果，更像是一个诙谐的玩笑或是温婉的借口。比如文学界的朋友聚会，是一般人眼中高雅的所在。但我多半是不感兴趣的。我对未知的事物充满了兴趣，很愿意同普通的工人农民或是哪一行当的专家们待在一处，听他们讲我不知道的故事。至于作家们汇在一起，要说些什么，我大概是有数的，不听也罢。但人家邀了你，是好意。断然拒绝，不但不礼貌，也是一种骄傲的表现，和我的本意相拂太远。这种时候，除了极好的老师和朋友的聚会，我兴高采烈地奔了去，一般都是找一个借口推托了。比如我说正在写东西，或是已经有了约会……总之让自己和别人都有台阶下。这算不算撒谎？好像要算的。但它结了一个甜甜的果子，维护了双方的面子，挺好的一件事。

三叶草的第三片叶子是我为自己规定的——谎言可以为维护自尊心而说。我们常常会做错事。错误并没有什么了不起，改过来就是了。但因犯了错误在众人面前伤了自尊心，就由外伤变成了内伤，不是一时半会儿治得好的。我并不是包庇自己的错误，我会在没有人的暗夜，深深检讨自己的缺憾。但我不愿在众目睽睽之下，把自己像次品一般展览。也许每个人对自尊的感受阈不同，但大多数人在这个问题上都很敏感。想当年，一个聪敏的小男孩打碎了姨妈家的花瓶，没有承认，也是怕自己太丢面子了。既然革命导师都会有这种顾虑，我们自然也可原谅自己。为了自尊，我们可以说谎；同样是为了自尊，我们不可将谎言维持得太久。因为真正的自尊建立在不断完善自己的地基之上，谎言只不过是暂时的烟雾。它为我们争取了时间，我们要在烟雾还没有消散的时候，把自己整旧如新。假如沉迷于自造的虚幻，烟雾消散之时，现实将更加窘急。

随着年龄的增长，心田里的谎言三叶草渐渐凋零。我有的时候还会说谎，但频率减少了许多。究其原因，我想，谎言有时表达了一种愿望，折射出我们对事实朦胧的希望。生命的年轮一圈圈加厚，世界的本来面目就像琥珀中的甲虫，愈发纤毫毕见，需要我们更勇敢地凝视它。我已知觉人生的第一要素不是“善”，而是“真”。我已不惧怕残酷的真相，对过失可能的恶劣后果，有了兵来将挡水来土掩的勇气。甚至对于自尊，也韧性得多了。自尊，便是自己尊重自己。只要你自己不倒，别人可以把你按倒在地上，却不能阻止你满面尘灰遍体伤痕地站起来。

有的人总是说谎，那就不是谎言三叶草的问题，而简直是荒谬的茅草地了。对这种人，我并不因为自己也说过谎而谅解他们。偶尔一说和家常便饭地说，还是有原则区别的。

中国有句古话，叫作“人之将死，其言也善”。我觉得这个“善”字就是真实的意思。也就是说，人到临死的时候，就不说谎了。

但这个醒悟，似乎来得太晚了一点。

活着，而不说谎，当是人生的大境界。

好脾气的悖论

记得一位老妈妈曾对我说，要为儿子挑一房好脾气的媳妇。我说，你怎么考察呢？她说，看为娘的脾气就知道女儿的性情了。过了几年，我问老人家，媳妇怎样？她说，啊呀呀，再没那么凶的了，属煤气罐的，一点就着！老人又说，轮到给小儿子说媳妇，这回特地挑了一家悍妇的女儿，果然竟是极温顺的。你说这是怎么回事?！她瞪着苍老的黄眼珠问我。

我不知道老妈妈的遭遇是否具有普遍性，也不认为脾气孬好是恋爱的先决，只是环顾四周的家庭，像这般悖论的情形，似乎还可找到不少。

一个在充满了爱意家庭中长大的孩子，却丧失最起码的温情，凶残地对亲人举起屠刀。一个极朴素的母亲，孩子反奢靡成风。钵满缸流的富家子弟，横起杀人越货的贼心。勤俭本分人的后代，摇身成了江洋大盗。目不识丁的双亲，养育半打硕士博士。荒僻的山野，走出雄才大略的军师。贫寒人一旦发达，挥金如土。富甲天下的豪门，一毛不拔……

家庭通常是一个古老的模具，克隆出与前辈酷似的后代。此等异样情形，实在是一个悖论。设想因为父母脾气躁动，孩童自小在急风暴雨中成长，经受锻炼考验，耐力反倒出众。家长若老好人，四处懦弱逢迎，对孩子也唯命是从，自然易养出暴戾乖张之徒。周围的人手脚不停，操心不止，孩子手到擒来，惯成特号懒包。爹妈若一觉睡到日头红，孩子必得自我张罗早饭，无意中造就一个勤快人。所以除了正面的培养，有时候，不妨利用悖论。

你想得到一个勇敢的孩子吗？月夜里，虽然他年纪幼小，体质孱弱，也让他横刀跃马地走在黑暗中，给你带路。

你想得到一个慷慨的孩子吗？无论你多么富有，不要平白无故给他金钱。每一分硬币必须让他用汗水兑换，然后不问那钱的去处，给他以完全的支配权。

你想得到一个清洁的孩子吗？看到他肮脏时，千万不要帮他洗涤，坚决袖起你的手，由着污浊下去。直到他自己忍无可忍，动手改变这局面。在新与旧的对比中，觉悟到洁净是一种舒适的状态和文明的美德。

你想得到一个智慧的孩子吗？当他遇到难题请教你的时候，除了给他一本书，什么都不要讲。坚决管住你的嘴巴，这是百发百中的诀穷！在几番艰苦的摸索之后，他自然在失败与挫折里聪明起来了。

你想得到一个独立自主的孩子吗？当他求助的时候，狠下心来，置若罔闻地看他哭泣和摸索。千万记得要装傻。不但要装得像，如果你有余力，最好再给他捣捣乱。孩子便会牢牢记住，世上最重要的事是依靠自己。

你想得到一个善于倾听、虚怀若谷、友好待人的孩子吗？当孩子兴致勃勃讲话的时候，毫不留情地把他打断，嘲笑他，然后走开，留他坐在那里孤独地发呆。只要他不是一个过分麻木和愚钝的孩子，汲取了反面教训，就能学会宽容与共享快乐。

你想得到一个不推诿责任，不惊慌失措，在困境中依然沉着坚定的心理健康的现代人雏形吗？当他跌倒时，不要代他埋怨路的不平，不要伸出搀扶的手，甚至在他伤口流血的时候，也让他自我包扎。坚持冷静地作壁上观，孩子便在困境中顽强地爬起来，艰难昂扬地成长。

还可以举出很多看似生冷而盎然的手段。这也是一个悖论。谁又能说这里不溶解着父母更深的养育之爱和良苦的用心锻造呢？

适度撒谎

千万不要说谎。所有的大人们都这样说。

但这实际上就是一句谎话。几乎所有的人在他一生的某些时候都曾说过谎，谎言就像毒药，有的时候非用不可。

如果笼统地说不能撒谎，有人就会在暗地里偷偷地笑。因为这实际上是做不到的。就连列宁那样的革命导师，小的时候打碎了花瓶都不承认，可见这真是人类普遍的弱点。

那么怎么将撒谎的危害减少到最小呢？这就好比是抽烟，抽烟自然是不对的，但全地球的人都在抽，生活在现在的人们，就在大力提倡无烟环境的同时，也生产加长过滤嘴和减毒的香烟，使吸烟的弊病小一点。

既然完全不说谎几乎是做不到的，我们就应把说谎局限在一个狭小的范围内。就好像世上有个谎言国，如果我们万不得已要在其中穿行，千万不要越过危险的界碑。

怎么掌握这个界限呢？

我觉得必要的撒谎首先是要为了一个善良的目的。比如我当过许多年的医生，有的病人得了不治之症，但他们还是非常想活下去。他们常常拉着我的手问，您说我的病还治得好吗？大夫！我总是毫不迟疑地告诉他：能治好！一定能治好！这就是善良的谎言。

但有一个小朋友考试成绩不好，他就对父母撒谎，胡说一个好成绩或者干脆不告诉家长。你问他为什么要这样做？他说是怕爸爸妈妈生气。这应该说是一种善良的瞎话。可不知他们往深处想了没有？学习成绩不好，自己没本事赶上去，藏着掖着，就越落越远。这不是等于把匕首扎得更深，在更大程度上伤了父母的心吗？你说你这话到底是善意还是恶意呢？

善意和恶意的谎言的界限并不是那么容易分得清的。有的事，你瞒得了一时，瞒不了一世。从长远看，一般的情况是晚说不如早说，实事求是最简单。所以你要是把握不住善意和恶意的界限，还是说实话的好。

第二个界限是适度的谎言必须没有恶劣的后果。换句通俗的话说就是这个谎话无伤大雅。比如一个啰唆的朋友打电话来，重要事说完了，还没完没了。我又不好意思打断她，就说：哎呀，对不起，我马上要出去办个事，今天就谈到这儿好吗？对方就很体贴地把话筒放下了。这是不是谎言？当然是的。但我想它没有什么不好的结果，既节省了时间，大家又都有个台阶下，所以这个谎是可以说的。这种推辞的话，有的时候被称为委婉。委婉其实就是一种适度的谎言。

但同学们到底见的事比较少，经验还不足，有时候是估计不出自己的谎话有多大的危害。因为这需要有一定的社会经历，有一定的预见性。如果大家还不具备掌握尺寸的能力，我看为了保险起见，还是说实话的好。

适度谎言的最后一条原则——它必须是为了维持人的自尊心而说。考查普通人们说谎的动机，许多时候都是为了保存自己的脸面。这是可以理解的。俗话说，人有脸树有皮嘛！如其在众人面前被强烈地践踏了自尊，搞得长久抬不起头来，不如暂且不吐露事实的真相，维持形象的完整。当然这绝不是原谅自己的缺点错误，而是要在人群背后，痛下决心，深刻地检讨自己的所作所为，从此再不犯同样的过失。这说起来容易，其实挺难的。因为没有人监督，很容易又走上老路。假如你没有足够的自制力，没法保证自己能暗暗地改正错误，还是公开承认的好，这样虽说暂时丢了面子，从长远看，还是有益的。最怕的是自己没有勇气承认，又没毅力改正，就会越滑越远。

我们今天谈论了一个非常敏感的话题。我的本意绝不是倡导大家都来说谎，或是说谎言无害。不，谎言是非常有害的。它会使我们的良心背上沉重的负担，从此失去天真快乐。它会带来意想不到的灾难，把我们推进黑暗的深渊。少年朋友，你要记住，在所有能够说真话的时候，请你一定说真话。在万不得已说假话的时候，你必须担保它没有恶劣的后果。假如它涉及你的过失，你在维护了自己尊严的同时，一定要永不再犯。

人的一生像一次艰苦的航行，谎言国几乎是必经的黑海洋。操起你的双桨，勇敢而又策略地穿过去，千万不要在风浪里翻了你的小船。做一个诚实谦虚知错就改的人，你就有希望到达金色的彼岸。

常常爱惜

拾起一穗遗落在秋天原野上的麦芒时，我们心中会涌起一种情感……

当水龙头正酝酿着滴落一颗椭圆形的水珠，一只手紧紧拧住闸门时，我们心中会涌起一种情感……

当凝望宝蓝的天空因为浓雾而浑浑噩噩时，我们心中会涌起一种情感……

当注视到一个正义的人无力捍卫自己的尊严，孤苦无助的时候，我们心中会涌起一种情感……

人类将这种痛而波动的感觉命名为——爱惜。

我们读这两个字的时候，通常要放低了声音，徐徐地从肺腑最柔软的孔腔吐出，怕惊碎了这薄而透明的温情。

爱惜的大前提是——爱。爱是人类一种最珍贵的体验，它发源于深刻的本能和绵绵的眷恋。爱先于任何其他情感，轻轻沁入婴儿小而玲珑的心灵。爱给予生命的母亲，爱清冷的空气和滑润的乳汁，爱温暖的太阳和柔和的抚爱，爱飞舞的光影和若隐若现的乐声……

爱惜的土壤是喜欢。当我们喜欢某种东西的时候，就期冀它的长久和广大，忧郁它的衰减和短暂。当我们对喜爱之物，怀有难以把握的忧虑时，吝啬是一个常会首选的对策。我们会俭省珍贵的资源，我们会珍爱不可重复的时光，我们会制造机会以期重享愉悦，我们会细水长流反复咀嚼快乐。

于是，爱惜就在不知不觉中发生了。

当我们爱惜的时候，保护的勇气和奋斗的果敢也同时滋生，真爱，需用生命护卫，真爱，就会义无反顾。没有保护的爱惜，是一朵无蕊的鲜花，可以艳丽，却断无果实。没有爱惜保护，是粗粝和逼人的威迫，是强权而不是心心相印。

爱惜常常发生。在我们不经意的时候，打湿眼帘。

爱惜好比一只竹篮。随着人生的进步，它越编越大，盛着人自身，盛着绿色，盛着地球上所有的物种，盛着天空和海洋。

疲倦

疲倦是现代人越来越常见的一种生存状态，在我们的周围，随便看一眼吧，有多少垂头丧气的儿童？萎靡不振的青年？疲惫已极的中年？落落寡合的老年……人们广泛而漠然地疲倦了。很多人已见怪不怪，以为疲倦是正常的了。

有一次，我把一条旧呢裤送到街上的洗染店。师傅看了以后，说，我会尽力洗熨的。但是，你的裤子，这一回穿得太久了，恐怕膝盖前面的鼓包是没法熨平了。它疲倦了。

我吃惊地说，裤子——它居然也会疲倦？

师傅说，是啊。不但呢子会疲倦，羊绒衫也会疲倦的，所以，穿过几天之后，你要脱下晾晾它，让毛衫有一个喘气的机会。皮鞋也会疲倦的，你要几双倒换着上脚，这样才可延长皮子的寿命……

我半信半疑，心想，莫不是这老师傅太热爱他所从事的工作了，所以才这般体恤手下无生命的衣料。

又一次，我在一家先进的工厂，看到一种特别的合金，如同谄媚的叛臣，能折弯多少次，韧度不减。我说，真是天下无双了。总工程师摇摇头道，它有一个强大的对手。

我好奇地发问，谁？

总工程师说：就是它自己的疲劳。

我讶然，金属也会疲劳啊？

总工程师说，是啊。这种内伤，除了预防，无药可医。如果不在它的疲劳限度之前，让它休息，那么，它会突然断裂，引发灾难。

那一瞬，我知道了疲倦的厉害。钢打铁铸的金属尚且如此，遑论肉胎凡身！

疲倦发生的时候，如同一种会流淌的暗流，在皮肤表面蔓延，使人整个儿地困顿和蜷缩起来。如果不加克服和调整，这种黏滞的不适，就会如寒露一般，侵袭到我们身体的底层。到那个悲惨的时候，我们就不再将这种令人不安的情况，称之为“疲倦”了，我们会径直地说——我病了——我垮了。

疲倦首先是从眼睛开始的。在通常需要集中注意力的时刻，我们无奈地垂下睫毛。我们以自己的充满了血液的眼帘，充当了厚重的幕布，隔绝光线和信息无休止地介入。我们就地取材地为自己制造了一场人工的黑暗。

在那些老生常谈的会议上，在那些议而不决的争执中，在那些絮絮叨叨的繁杂中，在那些痛苦焦灼的等待中……五花八门的无聊冲击，让我们的瞳孔，首当其冲地磨损了。它无法明亮、清晰地观察这个世界，便怯懦地后退了，选择了躲闪和逃避。

疲倦然后蔓延到我们的表情。疲倦的人，通常是无精打采的。在呆滞的目光之下，是苍白或是潮红的面庞。疲倦使血的流速异常地减慢或是加快，失却了内部的平衡与稳定。在应该急速反应的时候，疲倦的人延宕迟疑。在应该稳健沉着的时候，疲倦的人如同受惊的公鸡一般病态亢奋。殊不知这种竭泽而渔的抖擞，更加快了疲倦的发展。

疲倦的人，很难听到别人的声音。因为，声音是一种锐利的刺激。你丧失快速反应的同时，为了遮盖你的乏力，索性封闭了传达的通道。常常听到有人说，对不起，我把某某事忘记了。别人不解，奇怪他记忆为何如此之差？其实结论可能很简单——他疲倦了。疲倦的时候，我们的耳朵就不由自主地关拢闸门。不要埋怨他们的听觉，猜疑他们的品质，负罪的该是疲倦。

疲倦的人，通常懒言寡语。发表意见，是为了阐发观点，影响他人。此种特别的愉悦，来自为了让世界注意你的存在。你丧失了对外界的关注，也就主动取消了自己的发言权。当你不再聆听的同时，你也不再歌唱。喉舌是听命于大脑的。大脑钝了，大脑枯竭了，大脑空白了，我们必无话可说。

当疲倦在全身泛滥的时候，我们是徒有虚名的人了。我们了无热情，心灰意懒。我们不再关注春天何时萌动，秋天何时飘零。我们迷茫地看着孩子的微笑，不知道他们为何快乐。我们不爱惜自己了，觉察不到自己的珍贵。我们不热爱他人了，因为他人是使我们厌烦的源头。我们麻木困惑，每天的太阳都是旧的。阳光已不再播撒温暖，只是射出逼人的光线。我们得过且过地敷衍着工作，因为它已不是创造性思维的动力。

疲倦是一种淡淡的腐蚀剂，当它无色无嗅地积聚着，潜移默化地浸泡着我们的时候，意志的酥软就发生了。

在身体疲倦的背后，是精神率先疲倦了。我们丧失了好奇心，不再如饥似渴地求知，生活被纳入灰色的模式。甚至婚姻也会疲倦。它刻板地重复着，没有新意，没有发展。婚姻的弹性老化了，像一只很久没有充气的球，表皮皲裂，塌陷着，摔到地上，"噗噗"地发出充满怨恨的声音，却再不会轻盈地跳起，奔跑着向前。

疲倦到了极点的时候，人会完全感觉不到生命和生活的乐趣，所有的感官都在感受苦难，于是它们就保护性地、不约而同地封闭了。我们便被闭锁在一个狭小的茧里，呼吸窘迫，四肢蜷曲，渐渐逼近窒息了。

疲倦的可怕，还在于它的传染性。一个人疲倦了，他就变成一炷迷香，在人群中持久地散布着疲倦的细微颗粒。他低落地徘徊着，拖曳着整体的步伐。当我们的周围生活着一个疲倦的人时，就像有一个饿着肚子的人，无声地要求着我们把自己精神的谷粒，拨一些到他的空碗中。不过，如果我们这样做了之后，才发觉不但没有使他振作起来，自身也莫名其妙地被削弱了。

身体的疲倦，转而加剧着精神的苦闷。

变更太频繁了，信息太繁复了，刺激太猛烈了，扰动太浩大了，强度太凶，频率太高……即使是喜悦和财富，如果没有清醒的节制，铺天盖地而来，也会使我们在震惊之后深刻地疲倦。

当疲倦发生的时候，我们怎么办呢？

当无计可施的时候，看看大自然吧。当春天的花开得疲倦的时候，它们就悄然地撤离枝头，放弃了美丽，留下了小小的果实；当风疲倦的时候，它就停止了荡涤，让大地恢复平静；当海浪疲倦的时候，洋面就丝绸般的安宁了；当天空疲倦的时候，它就用月亮替换太阳……

人们应对疲倦的办法，没有自然界高明。不信，你看。当道路疲倦的时候，就塞车；当办公室疲倦的时候，就推诿和没有效率；当组织者疲倦的时候，就出现混乱和不公；当社会疲倦的时候，就冷漠和麻木……

疲倦对我们的伤害，需要平心静气地休养生息。让目光重新敏锐，让步伐恢复轻捷，让天性生长快乐，让手足温暖有力。耳朵能够捕捉到蜻蜓的呼吸，发梢能够感受到阳光的抚摸，微笑能如鲜橙般耀眼，眼泪能如菩提般仁慈……

疲倦是可以战胜的，法宝就是珍爱我们自己。疲倦是可以化险为夷的，战术就是宁静致远。疲倦考验着我们，折磨着我们。疲倦也锤炼着我们，升华着我们。

有一阵，我对各式各样能让自己放松的法子颇感兴趣。看了不少的书，听了若干的讲座，甚至还向别人传授过放松的技巧，以应对诸如考试时的大脑蓦然空白、马上就要上场讲演却遗忘了最重要的名称等窘迫的危机。应用的结果是有微效，但无显效。一种治标的法子，利用身体和心理相辅相成的原理，以规定性的动作让肌肉松弛，期待着达到心境松弛的目的。想法是不错，只是难以百发百中。心理这个东西并不傻，它完全明了你的意图，是一个火眼金睛的上级指挥官。当你还没有开始动作的时候，它就前瞻到了。为什么你的心理会紧张到失措？必有迫它进入这种状态的强大潜在驱力，不针对这个驱力做釜底抽薪的功夫，只是一呼一吸地忙碌着你的肚皮，结果是扬汤止沸，可收一时之功效，却无根除之法力。

要把内心的紧张源探查清楚，那是一项大工程，也许需要专业人士的帮助。有一个针对身心紧张的小法子，就是着装上的轻裘缓带。服装是最贴近我们身体的小环境，如果它宽松舒缓轻柔随意，有助于安抚神经，酿造安然淡定的状态。轻裘缓带——你试着看看这几个字，是不是盯着盯着就有一种略带飘然的松弛感？

现代的服装太让人感觉紧张了。西服简直就是“笔挺”的同义词，如果你穿西服而又不够笔挺的话，意味着不是老土就是落魄。套装也是如此，最适宜的角度是穿着高跟鞋，略向前倾地谦恭地站着，面露职业的微笑。如果是匆匆长路或是伏案苦作，这衣服一定会让你落下膝颈酸痛的暗疾。至于各式各样的行业制服，按照标准一丝不苟地穿戴起来，更是如盔甲一般郑重了。

看看自然界的生物多么优哉：懒散的熊猫和逍遥的金丝猴，滑翔的鹰和遨游的虾，它们都是恬然而自在的。唯有松弛才可达久远，唯有松弛才能更深地开放潜能。即使是凶猛的虎和狮，当它们不捕食的时候，也是安详和优雅的。

弱小的动物通常是忙碌的，比如蚂蚁，比如蜜蜂，比如老鼠和兔子……但它们绝不会钻进有形有款的外套，憋住自己的手脚，那样它们干起活来一定多了汗水（蚂蚁和蜜蜂出汗吗？一笑），逃跑起来一定少了胜算。越是辛劳，肢体越要随心所欲地动作，才会有更高的把握和更快的节奏。

如今，袒胸露臂的衣服多了，单从妨碍动作的角度，它对肌体是一种解放。但它和轻裘缓带还是有所差异，被暴露的肌肤有可能在他人的注目下紧张，因为暴露的目的常常就是为了得到瞩目和好评。所以，覆盖得很少并不一定就是轻松，也许潜藏的期许更让人不安。所有对外在评价的留意，都是紧张轴心的发源地。

轻裘缓带的衣服是越来越少了。纵使有，也被纳入了“休闲”和“家居”的范畴，似乎是不登大雅之堂的。其实，工作中为何不能轻裘缓带？轻裘缓带这个词最早出现在《晋书·羊祜传》中，描绘的是将士在军营中的衣着。羊祜“在军，常轻裘缓带，身不被甲”。既然在森严的兵营中都可轻裘缓带，被紧张折磨的现代人，为什么不可徐缓一把呢？

如果你已经修炼到宠辱不惊，那么，穿什么都不重要，它都不会让你紧张。只是对于我这等道行不够之人，穿得宽松些，本身就是对紧张的挑战了。

珍惜愤怒

小时候看电影，虎门销烟的英雄林则徐在官邸里贴一条幅“制怒”。由此知道怒是一种凶恶而丑陋的东西，需要时时去制伏它。

长大后当了医生，更视怒为健康的大敌。师传我，我授人；怒而伤肝，怒较之烟酒对人为害更烈。人怒时，可使心跳加快，血压升高，瞳孔散大，寒毛竖紧……一如人们猝然间遇到老虎时的反应。

怒与长寿，好像是一架跷跷板的两端，非此即彼。

人们渴望强健，人们于是憎恶愤怒。

我愿以我生命的一部分为代价，换取永远珍惜愤怒的权利。

愤怒是人的正常情感之一，没有愤怒的人生，是一种残缺。当你的尊严被践踏，当你的信仰被玷污，当你的家园被侵占，当你的亲人被残害，你难道滋生不出火焰一样的愤怒吗？当你面对丑恶，面对污秽，面对人类品质中最阴暗的角落，面对黑夜里横行的鬼魅，你难道能压抑住喷薄而出的愤怒吗?!

愤怒是我们生活中的盐。当高度的物质文明像软绵绵的糖一样簇拥着我们的时候，现代人的意志像被泡酸了的牙一般软弱。小悲小喜缠绕着我们，我们便有了太多的忧郁。城里人的意志脱了钙，越来越少见倒拔垂杨柳强硬似铁怒目金刚式的愤怒，越来越少见幽深似海水波不兴却孕育极大张力的愤怒。

没有愤怒的生活是一种悲哀，犹如跳跃的麋鹿丧失了迅速奔跑的能力，犹如敏捷的灵猫被剪掉胡须。当人对一切都无动于衷，当人首先戒掉了愤怒，随后再戒掉属于正常人的所有情感之后，人就在活着的时候走向了永恒，那就是死亡。

我常常冷静地观察他人的愤怒，我常常无情地剖析自己的愤怒，愤怒给我最深切的感受是真实，它赤裸而新鲜，仿佛那颗勃然跳动的心脏。

喜可以伪装，愁可以伪装，快乐可以加以粉饰，孤独忧郁能够掺进水分，唯有愤怒是十足成色的赤金。它是石与铁撞击一瞬痛苦的火花，是以人的生命力为代价锻造出的双刃利剑。

喜更像是一种获得，一种他人的馈赠。愁则是一枚独自咀嚼的青橄榄，苦涩之外别有滋味。唯有愤怒，那是不计后果、不顾代价、无所顾忌的坦荡的付出。在你极度愤怒的刹那，犹如裂空而出横无际涯的闪电，赤裸裸地裸露了你最隐秘的内心。于是，你想认识一个人，你就去看他的愤怒吧！

愤怒出诗人，愤怒也出统帅、出伟人、出大师，愤怒驱动我们平平常常的人做出辉煌的业绩。只要不丧失理智，愤怒便充满活力。

怒是制不伏的，犹如那些最优秀的野马，迄今没有任何骑手可以驾驭它们。愤怒是人生情感之河奔泻而下的壮丽瀑布，愤怒是人生命运之曲抑扬起伏的高亢音符。

珍惜愤怒，保持愤怒吧！愤怒可以使我们年轻。纵使在愤怒中猝然倒下，也是一种生命的壮美。

教养的证据

教养是个高频词。时下，如果说某人没教养，就是大批评大贬义了。如果说一个女人没教养，简直就如同说她是三陪小姐了。

什么叫教养呢？词典上说是“文化和品德的修养”，但我更愿意理解为“因教育而养成的优良品质和习惯”。

一个人可以受过教育，但他依然是没有教养的。就像一个人可以不停地吃东西，但他的肠胃不吸收，竹篮打水一场空，还是骨瘦如柴。不过这话似乎不能反过来说——一个人没有受过系统的教育，他却能够很有教养。

教养不是天生的。一个小孩子如果没有人教给他良好的习惯和有关的知识，他必定是愚昧和粗浅的。当然，这个“教”是广义的，除了指入学经师，也包括家长的言传身教和环境的耳濡目染。

教养和财富一样，是需要证据的。你说你有钱不成，得拿出一个资产证明。教养的证据不是你读过多少书，家庭背景如何显赫，也不是你通晓多少礼节规范，能够熟练使用刀叉会穿晚礼服……这些仅仅是一些表面的气泡，最关键的证据可能有如下若干。

热爱大自然。把它列为有教养的证据之首，是因为一个不懂得敬畏大自然，不知道人类渺小的人，必是井底之蛙，与教养谬之千里。这也许怪不得他，因为如果不经教育，一个人是很难自发地懂得宇宙之大和人类的微薄的。没有相应的自然科学知识，人除了显得蒙昧和狭隘以外，注定也是盲目傲慢的。之所以从小就教育孩子要爱护花草，正是这种伟大感悟的最基本的训练。若是看到一个成人野蛮地攀折林木，通常人们就会毫不迟疑地评判道——这个人太没有教养了。可见教养和绿色是紧密地联系在一起的。懂得与自然协调相处，懂得爱护无言的植物的人，推而广之，他多半也可能会爱惜更多的动物，爱护自己的同类。

一个有教养的人，应该能够自如地运用公共的语言，表达自己的内心和同他人交流，并能妥帖地付诸文字。我所说的公共语言，是指大家——从普通民众到知识分子都能理解的清洁和明亮的语言，而不是某种狭窄的土语俚语或者某特定情境下的专业语言。这个要求并非画蛇添足，在这个千帆竞发的时代，太多的人，只会说他那个行业的内部语言，只会说机器仪器能听懂的语言，却不懂得和人亲密地交流。这不是一个批评，而是一个事实。和人的交流的掌握，特别是和陌生人的沟通，通常不是自发产生的，是要通过学习和练习来获得的。一个没有受过教育的人，他所掌握的词汇是有限和贫乏的，除了描绘自己的生理感受，比如饿了、渴了、睡觉以及生殖的欲望之外，他们对于自己的内心感知甚为模糊，因为那些描述内心感受的词汇，通常是抽象和长于比兴的。不通过学习，难以明确恰当地将它表达出来。那些虽然拥有一技之长，但无法精彩地运用公共语言这种神圣的媒介来沟通和解读自我心灵的人，难以算是一个有教养的人。技术是用来谋生的，而仅仅具有谋生的本领是不够的。就像豺狼也会自发地猎取食物一样，那是近乎无须教育也可掌握的本能。而人，毫无疑问地应比豺狼更高一筹。

一个有教养的人，对历史有恰如其分的了解，知道生而为人，我们走过了怎样曲折的道路。当然，教养并不能使每个人都像历史学家那样博古通今，但是教养却能使一个有思考爱好的人，知晓我们是从哪里来，要到哪里去。教养通过历史，使我们不单活在此时此刻，也活在从前和以后，如同生活在一条奔腾的大河里，知道泉眼和海洋的方向。

一个有教养的人，除了眼前的事物和得失以外，他还会不由自主地想到他远大的目标。教养把人的注意力拓展了，变得宏大和光明。每一个个体都有沉没在黑暗峡谷的时刻，跋涉和攀援其中，虽然伤痕累累，因为你具有的教养，确知时间是流动的，明了暂时与永久。相信在遥远的地方，定有峡谷的出口，那里有瀑布在轰鸣。

一个有教养的人，特别是女人，对自己的身体，有着亲切的了解和珍惜之情。知道它们各自独有的清晰的名称，明了它们是精致和洁净的，身体的每一部分都有着不可替代的功能，并无高低贵贱的区别。他知道自己的快乐和满足，有很大一部分是建筑在这些功能灵敏的感知上和健全上的。他也毫无疑义地知道，他的大脑是他的身体的主宰。他不会任由他的器官牵制他的所作所为，他是清醒和有驾驭力的。他在尊重自己身体的同时，也尊重他人的身体；在尊重自我的权利的同时，也尊重他人的权利；在驰骋自我意志的骏马时，也精心维护着他人的茵茵草地。

一个有教养的人，对人类种种优秀的品质，比如忠诚、勇敢、信任、勤勉、互助、舍己救人、临危不惧、吃苦耐劳、坚贞不屈……充满敬重、敬畏、敬仰之心。不一定每一个人都能够身体力行，但他们懂得爱戴和歌颂。人不是不可以怯懦和懒惰，但他不能把这些陋习伪装成高风亮节，不能由于自己做不到高尚，就诋毁所有做到了这些的人是伪善。你可以跪在泥里，但你不可以把污泥抹上整个世界的胸膛，并因此煞有介事地说到处都是污垢。

一个有教养的人，知道害怕。知道害怕是件有意义、有价值的事情。它表示明了自己的限制，知道世上有一些不可逾越的界限。知道世界上有阳光，阳光下有正义的惩罚。由于害怕正义的惩罚，因而约束自我，是意志力坚强的一种体现。

一个有教养的人，知道仰视高山和宇宙，知道仰视那些伟大的发现和人格，知道对于自己无法企及的高度表达尊重，而不是糊涂地闭上眼睛或是居心叵测地嘲讽。

教养是不可一蹴而就的。教养是细水长流的。教养是可以遗失也可以捡拾起来的。教养也具有某种坚定的流传和既定的轨道性。教养是一些习惯的总和，在某种程度上，教养不是活在我们的皮肤上，是繁衍在我们的骨髓里。教养和遗传几乎是不相关的，是后天和社会的产物。教养必须要有酵母，在潜移默化和条件反射的共同烘烤下，假以足够的时日，才能自然而然地散发出香气。教养是衡量一个民族整体素质的一张X片子。脸面上可以依靠化妆繁花似锦，但只有内在的健硕，才经得起冲刷和考验，才是力量的象征。

研究真诚

过了国庆节，过了中秋节，心理学研究生班课堂，大家有一种久别重逢的亲切感，掺着节后的倦怠。

老师让大家谈谈过节的感受。冷了一会儿场，不知道大家是怎么想的，我的感觉是很突兀。我们习惯于默默无闻地过节，被人猛地一问，有些不知所措。

零星地有人举手，大概是怕老师尴尬吧。先回答的人，都说节无新意，有的简直可说在叹息——过节就是过节呗，和以往的节，没啥不同的……节很累，系上围裙炒菜，解了围裙洗衣，节是给别人过的。

老师微笑说，节是谁的？这话倒是很有点意思的，留待我们以后再详加讨论。我们还是说这个节日吧。我有些奇怪的是，大陆为什么中秋节不放假呢？在华人世界，这是一个仅次于春节的大节日啊！节日要过得风趣才有纪念。比如我认识的一家人，过节也不给小孩子买新衣服，也不吃好东西，这样的节日真是过不过的，没什么差别了。

大家就笑起来。

一笑，气氛就活跃些了，有同学小声说，过节我回家了，可是在家里待着，好像没有在同学们之间舒服。

这话很引起了一些人心底的共鸣。因为在这个班级里，充满了温暖的气氛，但外面的世界依旧沿着蒙满灰尘的轨道盘旋。于是我们成了在两个世界间游走的贝壳，冷暖自知，难以言说。

今天的正课是研究真诚。这是一个古老的话题了，但近年来受到了大挑战，真诚成了愚蠢的代名词。

我个人很喜欢“真诚”这个词，喜欢它的光明和干净。

词是有自己的光芒和属性的，比如“猥琐”一词，你一看到它，就觉得自己身上发霉糊满蟑螂。“甜蜜”这个词，则让人好似被蜂王浆噎了一嗓子，甜得憋气。真诚有一种岩石般的纹理和坚定，不风化，不水土流失，不油腻，爽洁清晰，反射着钢蓝色的金属光泽。

焦点集中在——真诚是一种方式还是一种境界？真诚有没有层次的分别？

有同学问了老师一个极富挑战性的问题——您是很真诚的，但有没有人说过您虚伪？在当代大学生里，好像流行着一种说法，真诚是一种更狡猾的虚伪。

课堂内一时很寂静。我看到老师的眸子快速向右上方移动，知道她在郑重思考。片刻之后，老师说，没有，没有人说过我虚伪。起码是当面没有人这样说。至于背后是怎样说的，我不知道。它不在我的关心范围之内。

老师启发道，一个小孩子，对一个成人说，你身上真臭啊。然后又对别人说，那个阿姨身上有一种臭味。这事真不真呢？肯定是真的，但这是一种低级水平的真诚。真诚是有讲究的。

我举手，获准后发言。我说，我喜爱真诚。我的很多朋友，也这样评价我。很多人用他们自己的视角来看世界，以为凡是真诚的人，就无法完整幸福地生活，必然会被世俗的车轮，碾得千疮百孔，即使不粉碎，也遍体鳞伤。甚至顺水推舟，演变成因为你事业成功和家庭完整，又有良好的人际关系，所以你必然是虚伪的。

我以为，真诚是一种勇敢坦诚的生活态度，它是我们思想和行动的出发点和归宿。真诚不虚张声势狐假虎威。它似乎因清澈透明而软弱无力，但它其实是强韧而富有弹性的，使我们简洁明快，干爽清正。

真诚是一门艺术，有一个执行的秩序，这就是真善美。真诚可以分解为真实和坦诚，它本身是很有力量的，起码比虚伪有力量，不怕三头六面地对证盘查，经得起推敲和考验……

但仅仅有真实，是很不够的。真实的出发点可以是完全不考虑他人的感受，不看全局，不从长远出发，单纯的真实使用不当，会具有事与愿违的杀伤力。加上了“善”这个缰绳，“真”就升华了。不再是本真，而有了一种更全面更伟大的品格。至于美，我觉得是怎样更精彩地表达我们的真实。一种长袖善舞，一种大象无形……

教室内一时鸦雀无声。我从这种寂静中，感到声援和赞成。

老师总结道：真诚是有层次的，可以分成建设性的和破坏性的两种。愿每个人，从此都更多更丰富地向这个并不美好的世界，贡献我们建设性的真诚。

谈怕

“怕”好像历来是个贬义词。怕什么？别怕！天不要怕，地不要怕……好像不怕才是人生的大境界。

其实人的一生总要怕点什么，这就是中国古代说的“相克”。金木水火土，都是有所怕的东西。要是不相克，也就没有了相生，宇宙不就乱了套？

人小的时候，怕父母。俗话说衣食父母，我的理解就是衣食来自父母。要是父母火了，不给你吃，不给你穿，你就丧失了基本的生存条件，饥寒交迫地活不下去了，还谈什么别的？所以父母叫你上学你就得上学，叫你成绩好你就得努力。要是一个人从小对慈爱他的父母没有畏惧之心（不是害怕他们本人，而是怕惹他们生气），没有讨他们欢喜之心，那这个人长大了，多半要成为不法之徒。

渐渐大起来，就怕老师，怕上级，怕官怕权……总之是怕比自己更有力量的人。我想这不单是一种懦弱，而是弱小动物生存的本能。想我们人类的祖先，不过是些猴子，虽说脑子还算得上机敏，体力实属一般。在漫长的动物排行榜上，只能列在中档靠下的位置。假若什么都不怕，早就被老虎狮子大蟒蛇饕餮了。所以“怕”是一种集体无意识，怕是正常的，不怕却是需要锻炼的事。

怕是一件有理的事，每个人都生活在立体空间，上下左右都有掣肘。人上有人，天外有天，总有东西笼罩在你的脑瓜顶。你可以完全不考虑下情，也可以咬着牙不理睬左邻右舍，但你得“惧上”，否则你的位置就保不住了。所以那个无所不在、无所不能的领袖叫作“上帝”。

人须怕法，那是众人行事的准则。人还须怕天，那是自然界运行的规律。怕是一个大的框架，在这个范畴里，我们可以自由活动。假如突破了它的边缘，就成了无法无天之徒，那是人类的废品。

人有最终的一怕，就是死。因为死去的人都不曾回来告诉我们那边的情形，所以我们并不确切地知道死亡是怎样一回事，我们只是盲目地怕着，我们怕的实际是一种未知的状态。人们怕死，很大的一部分是怕痛。要说死其实一点也不痛，就像在沙滩上晒太阳，暖烘烘地就过去了，怕的人一定少得多。再有怕也是怕比的，假如你活得苦不堪言，所有的感官都用来感受痛苦，在怕活和怕死之间，自然也两怕相权取其轻了。因此那极怕死之人，多是很富贵很安逸很猖獗很凌驾一切的显赫。不信你看历代的皇帝，都孜孜不倦地追寻长生不老的仙丹。

女人还有一怕，就是怕老。所以各色美容护肤的佳品层出不穷，种种秘不传人的方子被奉若神明。这一怕的核心是怕时间。世上有许多东西是可以对抗的，唯有时间你不可战胜。可怜女人的这个与生俱来的恐惧，注定无法消除。没有哪一种胭脂可以涂抹时间，女人只好永远地怕下去，除非你不在意衰老。

怕虽有理，却并非总是有利。怕的直接决策是躲，但躲不过的时候，就只有迎头而上。古人所有教诲我们不要怕的语录，就发生在这一时刻。民不畏死，何以惧之？将对最大的未知的恐惧置之度外，所有已知的苦难都不在话下，这个人的战斗力实不可低估。

但不怕死的人，也仍有一怕，那就是怕自己。死和你作对，只有一次。自己要和你作对，会有无数次的机会。胜利的时候，它会让你骄傲。失败的时候，它诱你气馁。贫困的时候，它指使你堕落。饱暖的时候，它敦促你放荡……自己的实质是欲望。欲望使我们勇敢，欲望也使我们迷失。

人生的发展，一是因了爱好，一是因了惧怕。前者，比如音乐，它并没有更实际的用途，而只是使我们愉悦。那些更实用的发明创造，基本上缘于“怕”。因为害怕冷，人们发明了衣服、房屋、火炉；因为害怕热，人们发明了扇子、草帽、空调器；因为害怕走路，人们发明了汽车、火车、飞机；因为害怕病痛，人们发明了中药西药X光B超；因为害怕地球的孤独，人们向茫茫宇宙进行探索；因为害怕自身的衰退，人们不断高扬精神的旗帜……害怕实在是人类文明进步的助产婆。

今后谁知道因了害怕，人类还将诞育多少温馨的婴儿，人类还将补充多少伟大的发明！

我们每个人的心里，都有一个害怕的场。这个场，不要太大，那我们畏畏葸葸，就太委屈了自己的岁月。这个场，也不可太小，太小了就容易人在边缘，演出不该上演的节目。它需不大也不小，够我们驰骋如烟的想象，够我们度过无悔的人生。

紧张

一个有趣的游戏。两人一组，其中一人会拿到一些纸条，上面写着字——都是人们常有的一些情绪，比如高兴、漠不关心、嫉妒、疲倦至极……

拿到纸条的人，要按照纸条上的指示，做出相应的表情和行动，让另外的那个人猜。

例如，甲人看了看手中的纸条上的字迹，沉思片刻后开始表演。先是豹眼圆睁，辅以一个箭步上前，右手揪住假想中的某人脖领，同时挥出弧度漂亮的左勾拳，击中那人腮帮……

乙人在目睹了甲人的表情和行动以后，也沉思片刻。然后大声说出他解读出的对方情绪——“愤怒”。

甲人颔首道，基本正确。不过，我手中的纸条上写的是“狂怒”。

乙人说，嗨！如果是“狂”，你的这个表达等级，味道尚欠浓烈。倘若换我，一般的愤怒，就已达到这个档次。真到了狂怒阶段，还要加上怒发冲冠拳打脚踢暴跳如雷虎啸龙吟……

这个小游戏，说明人和人之间，并不是很容易沟通的。人们通常按照自己表达情绪的方式，来理解他人。

但人和人之间，仍是可以沟通的。需要语言的帮助和长久的磨合，程度差异很大。可以一叶知秋，也可落英缤纷。

我很喜欢玩这个游戏，可以更深刻地感知他人的内心，察觉人群的异同。正是这种无休无止的差异，造成了人的丰富多彩和无数悲欢离合。

某次，我遇到了一位有趣的合作者。他是一位老板。

他拿了纸条开始表演：目光炯炯，眉头紧皱，身板僵直，双手攥拳……

我绕着他走了三圈，思索不出他这番表演的内涵，求助道，你能不能示意得再明确些？

他是个好商量的人。思忖片刻后，加了一个表情——嘴角紧抿……

我还是百思不得其解，只得求饶道：猜不出猜不出。我投降，快告诉我底牌吧。

他把纸条伸给我，上面写着——焦虑。

想想，也有道理。某些人焦虑的时候，就是这副沉闷苦恼的模样。

第二轮测验开始。他看了一眼手中新的纸条，开始表演：目光炯炯，眉头紧皱，身板僵直，双手攥拳……

我丧气地说，不行。再具体些。

他就又加了一个表情——嘴角紧抿……

天啊，我一筹莫展。甚至想，这一堆测验的纸条里，不会有两张“焦虑”吧？

我说，完了。我弱智了。请你告诉我吧。

他把手心摊开，我看到了谜底：沮丧。

沮丧是这个样子的吗？我不服气地说，你的表演有问题，沮丧的时候，目光通常是低垂的。

但是，我沮丧的时候，就是如此，聚精会神的。他很诚恳地说。

我只得服输。是啊，你不能否认有些人虽败犹荣，屡败屡战，永远目光如炬。

再一次轮到他表演的时候，我格外地当心。看到他拿了纸条，踌躇了一下，然后胸有成竹地开始演示：目光炯炯，眉头紧皱，身板僵直，双手攥拳……

看到我茫然愁苦的模样，他善解人意地加了一个补充动作——紧抿嘴角……

我极快地调侃道，干脆杀了我。我无法破译你的密码。

轮到他吃惊了，说，我有那么神秘吗？其实，这一次，我表达的是一种很平和的情绪——“安静”！

我几乎昏了过去，说，您的大驾尊容，居然能称得上是安静?! 我想，当你自以为安静的时候，周边的人，绝不敢打扰你。

说者无心，听者有意。他静默了片刻，一拍大腿说，喔，你这样一讲，我就明白了，为什么我以为自己很慈祥的时候，大家依然说我严厉……

那是一次令人难忘的游戏，它的结尾有些苦涩的味道。因为我的这位朋友，无论他拿到写着怎样字迹的纸条，他的表情都像一个模子里抠出来的。目光炯炯……嘴角紧抿……甚至当“爱情”出现的时候，他也如此刻板和冷峻。

我问他，你成家了吗？

他说，成了。但是，又散了。

我说，还打算成吗？

他说，暂时没有打算。

我说，没有了好。

他说，您为什么这样说？

我说，我的意思是，你若不把表情修改一下，即使有了女朋友，也会莫名其妙地走开。

我后来同这位老板，详细地探讨了他的表情。他说，我一个当老板的，哪能事事都流露在面上，让人看个透明？我这是深沉。

我说，表情的僵化和不动声色，并不能画等号。对家人和对谈判对手，哪能一样？周恩来可算是大家，他的表情就丰富得很，并非整天板着阶级斗争脸。咱们常常羡慕外国的老板当得潇洒，其中重要一条——就是他们真实。当怒则怒，当喜则喜。况且，老板也是人，也有七情六欲。事业做得好，人也要活得自然自在。

后来，我和这位老板进行了比较深入的谈话，才明白在他那千篇一律的面具之后，准确地说，既不是焦虑，也不是沮丧，当然更不是安静，而是——紧张。

紧张，是现代人逃脱不掉的伴侣。

紧张的时候，我们的心跳加快，瞳孔睁大，呼吸急促，血流湍急……我们的思索急迫而锋利，我们的行动敏捷而有力。

紧张这个词，很多年以前，被写进一所著名大学的校训。我想，那时它一定是有的放矢，有着历史的必然和辉煌的功绩。

时代在发展，如今，当我们不再从战火和铁血的角度，看待紧张的时候，紧张就有了更多探讨的意义。

短时间的紧张，很好，会使我们焕发出非凡的爆发力。不过，世界上的事情，一蹴而就的，肯定有，但终是有限。大量的成功，孕育在日积月累的跋涉。紧张是100米短跑，成长则是马拉松比赛。长久的紧张，如同长久的鞭策一样，是不能持久的。它会导致反应的迟钝。紧张可以应对一时，却无法达至永恒。

紧张是一种无休止的激动，是一种没有间歇的高亢，是一种针插不进水泼不进的致密，是一种应急和应激的全力以赴。

你见过没有起落的江河吗？你听过没有顿挫的乐曲吗？你爬过没有沟崖的山峦吗？你走过没有悲喜的人生吗？

紧张是面具。紧张的下面，潜伏着怎样的暗流？换句话说，什么导致我们长久僵硬的紧张？

紧张的人，思维是直线而不是发散的，因为他的注意力太集中了，心就无旁骛。当我们的视野中只有一个目标的时候，它是收束和狭窄的（不是指远大的唯一的目标，是指运筹帷幄的策略）。我们的显意识之下，是辽阔的潜意识。当紧张的时候，理智和经验就占据了上风，而人类在长久的进化中所积累的本体感觉，被抑制和忽略。所以，紧张的人，很容易累。因为他是在用5%的能力，负载着100%甚至更高的压力，怎么能集思广益化险为夷呢？

紧张的人，其实是不安全的。他处于风声鹤唳之中，对自己的位置和处境，有深深的忧虑。他大张着自己所有的感官——眼睛瞪着，耳朵开放，手脚绷紧，呼吸也是浅而快的……他的全身就像一架打开的雷达，侦察着周围的一草一木。

他因袭着以往的重担，关注着周围的一举一动，无法平和地看待他人和看待自己。紧张的人，睡眠通常不良。因为在睡梦中，他也不由自主地睁着半只眼睛。

打个比方。什么动物最易于紧张呢？通常一下子就会想起老鼠兔子麻雀之类的，大都是弱小的谨慎的没有强大的防御能力的生灵。如果是老虎狮子大象甚至蟒蛇，我们想起它们的时候，可以是觉得它们或懒洋洋或佯装安宁，但我们不会浮现出它们是紧张的这样一个印象。在突袭猎物的时候，它们快则快矣，狠则狠矣，你可以痛恨它们，但它们依然从容和大智若愚。它们不紧张。

再举南极洲的企鹅为例，这些穿西服的鸟们，似乎也没有伶牙俐齿可供攻伐猎物与保障自身，胖墩墩的战斗力不强，但是，它们毫无疑义地不紧张。这次，不是来自它们自身的强大，而是没有人类的迫害和袭扰，它们尚不知紧张为何物。

所以，紧张不是强大，只是懦弱的一件涂着迷彩的旧风衣。

紧张往往使我们看问题的角度趋向负面。因为不安全，所以防御感强，假如判断不清的时候，首先断定对方是有敌意和杀伤力的，考虑自己怎样防卫怎样规避怎样逃脱……紧张会使我们误会了朋友的友谊，曲解了爱情的试探，加深了创伤的痛楚，减缓了复原的时机。在紧张的时刻，决定往往是短期和激烈的。

紧张的时候，我们无法清晰地聆听到他人真实的声音。我们自身澎湃的血流，主导了我们的听觉。我们看到的可能并非真实的世界，因为自身的目光已经有了某种先入的景象。我们无法虚怀若谷地接纳他人的意见，因为自己的念头依然盘踞在心。我们难以深刻地反省局限，因为注意力全然集中对外，内心演出了一场空城计……紧张就像凹凸镜一般，变形了真实的世界，让我们进入高度的备战状态。

紧张的人，很难和别人和睦相处。紧张的人，通常落落寡合慎言忧郁。紧张的人，孤独寂寞。他们可以置身于灯红酒绿车水马龙当中，好似应者云集，但他们的心，多疑多虑，挛缩成一块石头。

人们很推崇的一个词——大将风度。我以为其中极重要的组成部分，就是不紧张。每一行真正的高手，几乎都是举重若轻温柔淡定的。

草船借箭诸葛空城，功夫在诗外。无论形势多么危急，他们成竹在胸。无论己方多么孤立，他们胜券在握。哪怕局面间不容发，他们眼观六路，耳听八方。

大将不紧张。

柔和

“柔和”这个词，细想起来挺有意思的。先说“和”字，由禾苗和口两部分组成，那含义大概就是有了生长着的禾苗，嘴里的食物就有了保障，人就该气定神闲和和气气了。

这个规律，在农耕社会或许是颠扑不破的。那时只要人的温饱得到解决，其他的都好说。随着社会和科技的发达进步，人的较低层次需要得到满足之后，单是手中有粮，就无法抚平激荡的灵魂了。中国有句俗话，叫作“吃饱了撑的——没事找事”。可见胃充盈了之后，就有新的问题滋生，起码无法达至完全的心平气和。

再说“柔”这个字。通常想起它的时候，好像稀泥一摊，没什么筋骨的模样。但细琢磨，上半部是“矛”，下半部是“木”——一支木头削成的矛，看来还是蛮有力度和进攻性的。柔是褒义，比如柔韧、以柔克刚、刚柔相济、百炼钢化作绕指柔……都说明它和阳刚有着同样重要的美学和实践价值。

记得早年当医学生的时候，一天课上先生问道，大家想想，用酒精消毒的时候，什么浓度为好？学生齐声回答，当然是越高越好啦！先生说，错了。太高浓度的酒精，会使细菌的外壁在极短的时间内凝固，形成一道屏障，后续的酒精就再也杀不进去了，细菌在壁垒后面依然活着。最有效的浓度，是把酒精的浓度调得柔和些，润物无声地渗透进去，效果才佳。

于是我第一次明白了，柔和有时比风暴更有力量。

柔和是一种品质与风格。它不是丧失原则，而是一种更高境界的坚守，一种不曾剑拔弩张，依旧扼守尊严的艺术。柔和是内在的原则和外在的弹性充满和谐的统一，柔和是虚怀若谷的谦逊和冷暖相宜的交流。

现代人在风驰电掣的忙碌中，是多么期望自己和他人的柔和啊。不信，你看看报上的征婚广告，净是征询性格柔和的伴侣。人们希望目光是柔和的，语调是柔和的，面庞的线条是柔和的，身体的张力是柔和的……

当我们轻轻念出“柔和”这个词的时候，你会觉得有一缕淡蓝色的温润，弥漫在唇舌之间。

有人追索柔和，以为那是速度和技巧的掌握。书刊上有不少教授柔和的小诀窍，比如怎样让嗓音柔和，手势柔和……我见过一个女孩子，为了使性情显出柔和，在手心用油笔写了大大的“慢”字，天天描一遍，掌总是蓝的，以致扬手时常吓人一跳，以为她练了邪门武功。并为自己规定每说一句话之前，在心中默数从1到10……她除了让人感到木讷和喜怒无常外，与柔和不搭界。

一个人的心如若不柔和，所有对外在柔和形式的模仿和操练，都是沙上楼阁。

看看天空和海洋吧。当它们最美丽和博大、最安宁和清洁的时候，它们是柔和的。

只有成长了自己的心，才会在不经意之间，收获了柔和。

我们的声音柔和了，就更容易渗透到辽远的空间。我们的目光柔和了，就更轻灵地卷起心扉的窗纱。我们的面庞柔和了，就更流畅地传达温暖的诚意。我们的身体柔和了，就更准确地表明与人平等的信念。

柔和是力量的内敛和高度自信的宁馨儿。愿你一定在某一个清晨，感觉出柔和像云雾一般悄然袭身。

寻觅危险

在心理学家马斯洛先生的人的需要层次金字塔模式里，安全感是人类的基本需要之一。

记得在日本访问时，很惊讶普通民居的构造单薄。尤其是海边的房子，好像纸扎的灯笼，轻而蓬松，叫人怀疑稍大些的海风，就会把墙壁吹个透明窟窿。

我问日本人，你们这里多地震多火山多海啸什么的，如此稀松的房子，怎么抵御灾难，岂不是太不安全了吗？

日本人回答，正是因为多灾，我们的房子才造得很轻，一旦倒塌，也不会把人压死砸死，比钢筋铁骨的建筑，反倒多一份安全。就像薄薄的鸡蛋壳，小鸡很容易钻出来。它看起来不安全，其实倒是很安全的。

真叫人无话可说。

那年到处风传地震，我为自己和家人的安全焦虑，特向一位专事地震研究的朋友请教。她告诉我，地震发生的时候，你赶快跳到家中房屋的承重墙交叉的部位，那里通常比较坚固，即使倒塌也会有小的支撑空间可供躲避，以利等待救援。此秘诀闹得我和先生像两个蹩脚的工程师，在自己家中四处梭巡，彼此还意见分歧。他说是这堵墙承重，我说可能是那一堵，吵得谁也不服谁，只好又向朋友讨教。她说，你们可以找到当年施工部门的图纸，对照辨认，岂不最有权威性了？这法子好是好，但实在太麻烦，我们只好不了了之。朋友是个尽责的人，后来又过问此事，我如实相告，朋友说，告诉你一个简单的法子，一旦山摇地动，你就躲到房屋内的卫生间，那个角落比较安全……从此我牢牢记住这一救命宝典，很长时间内，一进了卫生间，就敬畏有加。觉得在未来的某一天，全靠它的庇护啦！

后来我到了唐山，有一位大地震中的幸存者，谆谆告诫我，大震时，要飞快地蹿到凉台上，这样可以在随后的余震中被甩到室外，安全系数较大。他当年就是如此才保住性命，而他躲在房中的家人，全部遇难。

我于是想象自己倘若遇到震灾，可能会在卫生间和凉台中上蹿下跳，坐失宝贵时间。

坐汽车，我因为晕车，总好坐在前面。但屡屡被人指教，只有司机后面的座位，才是全车中最保险的地方。因为据车祸中大难不死者的统计数据，证明在危机的时刻，司机会下意识地保全自己，所采取的紧急措施对自己的位置最为有利。我觉得这一提议后面，有一层相当微妙甚至龌龊的前提。那就是——司机以人的本能保护自己，你坐在司机后面，以他的身躯为你的血肉长城……

灾难时，到底哪里最安全？我只做过如此不完善的小小调查，已是众说纷纭，看来，安全是个永恒的题目。在我们的生命里面，寻找安全，是集体无意识的顽强表现。

我便更加敬佩那些在危机的时刻，抛却自身的安全，奋勇地冲向危难的勇士。这不仅是道德和情操的高尚，更是人战胜自己天性的壮举。

比如消防人员的扑向火海，比如救护人员的攀登危楼，比如易燃易爆物品燃烧时的临危不惧，比如潜入冰水拯救遇溺者……无论对职业人员还是对见义勇为的普通公民，我相信，在那一瞬，都有生命本能的召唤和人生价值的实现碰撞的火焰。

如果为了一己的安全，自然是远离危险。我们的每一根头发，每一滴血液，都会提醒命令安排指挥我们这样做。人类的进化，使得躲避危险寻觅安全成了几乎与生俱来的能力。但是，为了他人的安全，为了崇高的职责，为了追求和理念，为了一种凌越本能的超拔，他们躲避安全寻觅危险……

这样的人，就达到了人的自我实现的顶峰，他们找到了本能之上的高贵的尊严。

坚持糊涂

我的一位远亲，住在老干部休养所内，那里林木森森，有一种暮霭沉沉的苍凉之感。隔几年，我会到那里暂住几天。我称她姑妈。

干休所很寂寞，只有到了周末，才有些儿孙辈的探望，带来轻微的喧闹。平日的白天，绿树掩映的一栋栋小楼，好似荒凉的农舍，悄无声息。每一栋小楼的故事，被门前的小径湮没。也有短暂的热闹时光，那是每天晚上《新闻联播》和《焦点访谈》之后，就有三三两两的老人，从各自温暖的家中走出来，好像一种史前生物浮出海面，沿着干休所的甬路缓缓散步。这时分很少车辆进出，所以老人们放心地排着不很规则的横列，差不多壅塞了整个道路的宽度，边议论边踱着，无所顾忌地传布着国家大事和邻里小事……大约一个小时之后，他们疲倦了，就稀拉地散去。

我也有晚饭后散步的习惯，跟在老人们背后受限，超过他们又觉不敬，便把时间后移。姑妈怕我一个人寂寞，陪我。

这时老人们已基本结束晚练，甬路空旷寂寥。我和姑妈随意地走着，突然，看到前方拐角的昏暗处，有一个树墩状的物体移动着，之上有枝杈在不规则地晃动……

我吓了一跳，想跑过去看个究竟，姑妈一把拽住我说，别去！我们离远些！

那个树墩渐渐挪远，我刚想问个明白，没想到姑妈还是紧闭着嘴，并用眼光示我注意侧方。我又看到一个苗条的身影，像狸猫一样轻捷地跟随着树墩，若隐若现地尾追而去……

那一瞬，我真被搞糊涂了。在这很有与世隔绝感的干休所，好像有迷雾浮动。

拉开足够的距离，确信我们的谈话不会被任何人听到后，姑妈说，前面走的那个是苗部长，她偏瘫了，每天晚上发着狠锻炼。她特别要强，不愿旁人看到她一瘸一拐，手臂像弹弦子一样乱抓的模样，所以总是要等到别人都回家以后，才一个人出来走。大伙都不和她打招呼，假装没看见，体谅她。后面跟的那人，是她家的小保姆，暗地里照顾她，又不敢让她瞅见……

我插嘴道，那保姆看起来岁数可不小了。

姑妈说，平日说小保姆说顺嘴了，你眼力不错。苗部长以前是做组织工作的，身子瘫了，脑瓜一点儿不糊涂。她说保姆长期服侍病人，年龄太小，耐性恐成问题。所以她特地挑了个中年妇女，还一定要不识字的，因为她老伴老高是搞宣传的，家里藏书很多。要是挑来个识文断字的保姆，还不够她一天看故事读小说的。这个被左挑右选来的保姆，叫檀嫂，你这是晚上见她，看不清楚脸面。人长得好，也干净利落，身世挺可怜的，男人死了，也没个孩子，对老苗可好了……

第二年，我再去的时候，一切如旧，但和姑妈散步的时候，却没有看到树墩状的苗部长和狸猫样的檀嫂。我随口问道：苗部长好了？檀嫂走了？

即使在微弱的路灯下，我也能看到姑妈脸上挂着含义叵测的沉思。不知道。她说，嘴唇抿得紧紧的，好似面对刑讯的女共产党员。我也不便深问，此事轻轻带过。

再一年散步的时候，却猝不及防地看到了树墩。她摇晃得很厉害，手臂的划动也更加颤抖和无规则，艰难地挪着，每一个瞬间都可能整个扑到马路上，但她偏偏不可思议地挺进着。我马上去搜寻她的侧面，果然又看到了那狸猫样的身影，只是没了往日的灵动。待光线稍好，我看清檀嫂怀里还抱着一个婴儿。

苗部长病得好像更重了。我说。

是。姑妈说。

檀嫂结婚了？我说。

没。姑妈说。

那孩子是谁的？我问。

苗部长生的。姑妈说。

我差点摔个大马趴，虽然脚下的路很平。我说，姑妈，你不是开玩笑吧？且不说苗部长有重病，单说她多大年纪了？早就过了更年期了，怎么还会有孩子？

姑妈说，苗部长退休好几年了，你说她有多大年纪？孩子吗？老蚌含珠，古书上也是有记载的。去年，苗部长和檀嫂很长时间不出门，后来，他们家就传出了月娃子的哭声……

我说，是不是……

姑妈堵住我的嘴说，天下就你聪明吗？苗部长说那娃娃是自己生的，谁又能说不是？我们这儿的人，什么都不说。

我也什么都不说，等待着那一对奇异的散步搭档再次路过我们身旁。这一回，我站在半截冬青墙后，仔细地观察着。苗部长的面容是平静和坚忍的，她用全部身体仿佛在说着一句话——我要重新举步如飞！檀嫂是顺从和周到的，但从她抱孩子的姿势中，也透出浅浅的幸福之意。

我什么也说不出来。

过了两年，再去姑妈那里，散步的时候，又不见了树墩和狸猫。我问姑妈，苗部长呢？

去世了。姑妈淡淡地说。

我猛地想起三言二拍中常说的一句话：奸出人命赌出贼。紧张地问，请法医鉴定了吗？

姑妈好生奇怪地反问我，请法医干吗？苗部长在医院住了很长时间，檀嫂服侍得非常周到。去世的时候，她拉着老高的手，说自己非常满意了，并祝老高幸福。还拉着檀嫂的手说，谢谢。最后她是亲吻着那个小小的孩子离世的。

我说，后来檀嫂就和老高结婚了，现在很幸福。对吗？

姑妈说，是的。你怎么知道的？

我说，这件事再清楚不过了，只要有70分的智商就能理出脉络。你们这里的人都不明白吗？

姑妈微笑着说，我们这里的人，戎马一生，几乎每个人都杀过人。可是我们都不想弄明白这件事。这事里没有人不乐意。对不对？老高要是不乐意，就没有那个孩子。苗部长要是不乐意，就不会承认那个孩子是自己生的。檀嫂要是不乐意，就不会那么精心地服侍苗部长那么长的时间……坚持把一件事弄明白不容易，始终把一件事不弄明白，坚持糊涂也不容易。你说是不是？

我深深地点点头。

感动是一种能力

感动在词典上的意思是——“思想感情受外界事物的影响而激动，引起同情或向慕”。虽然我对这本词典抱有崇高的敬意，依然认为这种说法不够精准，甚至有点词不达意。难道感动是如此狭窄，只能将我们引向同情或是向慕的小道吗？这对“感动”来说，似乎不全面、不公平吧？感动比这要丰饶得多，辽阔得多，深邃得多啊。

感动最望文生义最平直的解释就是——感情动起来了。你的眼睛会蒸腾出温热的霞光，你的听觉会察觉远古的微响，你的内心像有一只毛茸茸的小松鼠越过，它纤细而奔跑的影子惊扰你思维的树叶久久还在曳动。你的手会不由自主地出汗，好像无意中捡到了天堂的房卡，你的足弓会轻轻地弹起，似乎想如赤脚的祖先一般迅跑在高原……

感动的来源是我们的感官，眼耳鼻舌身加上触觉和压觉。如果封闭了我们的感官，就戮杀了感动的根，当然也就看不到感动的芽和感动的果了。感官是一群懒惰的小精灵，同样的事物经历得多了，感官就麻痹松懈了。现代社会五光十色瞬息万变，感官更像被塞进太多脂肪的孩子，变得厌食和疲沓。如今人渐渐丧失了感动的能力，感动闪现的瞬间越来越短，感动扩散的涟漪越来越淡。因为稀缺，感动变成了奢侈品。很多人无法享受感动力，于是他们反过来讥讽感动，谄笑感动，把感动和理性对立起来，将感动打入盲目和幼稚的泥沼之中。

感动是一种幸福。在物欲横流的尘垢中，顽强闪现着钻石的瑰彩。当我们为古树下的一株小草绝不自惭形秽，而是昂首挺胸成长而感动的时刻，其实我们想到的是人的尊严。我上小学的时候，在一次考试中，得到了有生以来最差的分数。万念俱灰之时，我看到一只蜘蛛锲而不舍地在织补它残破的网。它已经失败了三次，一次是因为风，一次是因为比它的网要凶猛百倍的鸟，第三次是因为我恶作剧的手。蜘蛛把它的破坏者感动了，风改了道，鸟儿不再飞过，我把百无聊赖的手握成了拳。我知道自己可以如同它那样，用努力和坚忍弥补天灾人祸，重新纺出梦想。我也曾在藏北雪原仰望浩渺星空而泪流满面，一种博大的感动类似天毯，自九天而下裹挟全身。银河如此浩瀚，在我浅谈生命之前无数年代，它们就已存在，在我生命之后无数年代，它们也依然存在。那么，我的存在又有什么意义呢？在这个惶然的瞬间，我被存在而感动，决心要对得起这稍纵即逝的生命。

我喜欢常常感动的女人，不论那感动我们的起因，是一瓣花还是一滴水，是一个旋动的笑颜还是一缕苍老的白发，是一本举足轻重的证书还是片言只语的旧笺……引发感动的导火索，也许举不胜举，可以有形，也可以是无所不在的氛围和若隐若现的天籁。感动可以骑着任何颜色的羽毛，在清晨或是深夜，不打招呼地就进入了心灵的客厅，在那里和我们的灵魂倾谈。

珍惜我们的感动，就是珍惜生命的零件。在感动中我们耳濡目染，不由自主地逼近那些曾经感动过我们的灵魂。也许有一天，我们也在无意间成了感动的小小源头，淙淙地流向了另一个渴望感动的双眸。

抵制『但是』

但是——我们常常用到的一个词。我们原来有一个领导，就因为太爱使唤这个词了，外号就叫“老但”。

“但是”主要是作连词，多用在一句话的后半截，表示转折语气。

比方说：你这次的考试成绩不错，但是——不能骄傲自满。

比方说：这地方的风景挺优美的，但是——离城里太远了点。

比方说：这女孩身材相当好，但是——皮肤太黑了些。

等等。

我不知道“但是”这个词，刚发明的时候，是不是对在它的前半部和后半部的分量，一视同仁？也就是说，它只是一个公平的纽带，并不偏着谁向着谁。可惜在长期的运用过程中，“但是”这个词，成了类似音乐简谱中“符点”的标记，把后面半拍的节奏，挪到前面去了。当人们看到这个词的时候，无论在“但是”的前面，堆积了多少美好的说明，都像碰上盐酸的污垢，冒了些泡沫，就没了踪影。人们记住的总是“但是”后面的转折，如同好不容易爬上高坡，还没来得及喘口匀气，“但是”这个陡峭的下坡，不由分说把你掳住，一下就滑到了谷底。

于是，“但是”就几乎成了贬义的先兆。只要一出现，气氛就大变。它成了把人心捆成炸药包的细麻绳，成了马上有冷水泼面的前奏曲。“但是”让你打了个激灵，立马把“但是”前面的温暖忘了，只有抖擞起精神，准备迎击扑面而来的顿挫。

“但是”便在这种频频警戒的气氛中，削减了平凡的联结之意，增添了沮丧的灰色意味。

其实，所有的光明都有暗影，“但是”的本意不过是强调事情还有另一方面。可惜日积月累的负面暗示，使得“但是”这个预报一出现，就抹去了喜色，忽略了成绩，轻慢了进步，贬斥了攀升。

一位心理学专家讲学时说，她主张大家从此不用“但是”，而改用“同时”。

比如我们形容天气的时候，早先是这样说：今天的太阳很好，但是风很大。

今后可以改成：今天的太阳很好，同时风很大。

当你最初看这两句话的时候，好像没有多大的分别。你不要急，轻声地多念几遍，那分量和语气的差异，就体味出来了。

但是风很大——会把人的情绪向糟糕那一面倾斜，注意力凝固在不利的因素上。觉着太阳好是件不值得太高兴的事情，风大才是关键。借助了“但是”的威力，风就把阳光打败了。

同时风很大——它更中性和客观，好似一个导游小姐，在指点我们注意了某一种情形之后，又把她手中的金属棒，向另一个方向示去。前言余音袅袅，后语也言之凿凿。不偏不倚，公允而平整。它使我们心神安定，目光精准，两侧都观察得到，头脑中自有定夺。

一词之差，它的背后，是怎样看待世界和自身。

我们绝不文过饰非，也不夸大其词。好比是花和虫子，一并存在。我们的眼光降落在哪里？

降落在花丛中？降落在虫背上？

“但是”，是一副偏光镜，把我们的目光聚焦在虫子上。花园里花朵很美丽，“但是”把虫子的影子放大。

“同时”，是一个透明的水晶球，把我们均衡地分散在两方面。花园里花朵很美丽，“同时”，它也提示尚有虫子。

“但是”和“同时”，谁更持重和完整，更有利于我们对客观事物的评价和对主观判断的把持，想必会有公论。

如此讨论，仿佛和一个简单的连词过不去，有悖恕道。不过，这不单是如何连接上下两句话的问题，在词的背后隐伏着思维方式。

当我尝试着用“同时”代替“但是”以后，一天两天，似也看不出多大的变化。可时间长了，我发现自己比较地多了勇气，因为我的精神得到了补给和呵护。我发现自己比较地对人友善，因为我更明确地发现了他人的长处和优异。我发现自己较为敏捷地从跌倒的地上爬起，因为我看到了沟坎也看到了辙印。我发现自己多了宽容和慈悲，因为每当我意识到不足的时刻，都同时给自己鼓励。

当我们想家的时候

常常想家。

当我们想家的时候，其实是想起了母亲。当我们想起母亲的时候，其实是想起了无边无际云蒸霞蔚的爱。当我们想起爱的时候，其实是想起了如天宇般宽广淳厚的温暖和一种伟大神圣的责任。当我们想起责任的时候，其实是在宁静致远地思索人生的真谛和生命的尊严。

世上没有关于“家”的节日，好在有一个“母亲节”，让我们飘荡的心有所附丽。每年这一天，人们心心相印地隆重纪念这个民间节日，感念一种饱含沧桑的爱。

最初发起为母亲设定一个节日的人，定是一位成年的男人或是女人。太小的孩子，我以为是无法理解母爱的。婴儿的热爱的涌起，更多的是源于一种生命本能的驱动。孩子从母亲那里，得到最初的食物和衣着，看到世上第一张欢颜，听到人间第一句笑语……小小的心，像一只薄而透明的钵，盛满了乳色的爱，悄悄涟漪着。以孩子的智力，必认为这些都是上天无缘无故倾倒的玉液琼浆，是与生俱来的赠品。

作为施与的一方，母爱有时也是本能以至盲目愚蠢的代名词。母爱单纯也复杂，清澈也混浊，博大也狭窄，无偿也有偿。体验这种以血为缘的爱，感知它的厚重深远，纪念它的无私无畏，弘扬它的旗幡，播撒它的甘霖，需要灵敏的悟力和细腻的柔情。世人只知给予艰难，其实接受也非易事，需要虚怀若谷的智慧。只有容纳得多，才有可能付出得多。对于早年无爱的生命来说，就像没有河溪汇入的干涸之库，无法想见在旱魃猖獗时会有泉眼喷涌。

母亲于是成了一种象征——

她是低垂的五谷，

她是无尽的蚕丝，

她是冬天的羽毛和夏天的流萤。

她是河岸的绿柳依依，

她是麦田的白雪皑皑。

她是永不熄灭的炉火，

她是不肯降下毫厘的期望标杆。

她是成绩单上的一枚签名，

她是风雨中代人受过的老墙。

她是记忆中永恒年轻的剪影，

她是飓风中无可撼动水波不兴的风眼。

母爱并不仅仅从生育这一生理过程中得来，她是心灵的产物而不是子宫的产物。生育只是母爱的土壤，它可以贫瘠也可以富饶，可以繁衍灵芝也可滋生稗草。

我愿把人类那种最崇高而结晶的挚爱，无论来自男女，统称为母爱。母爱如盐。盐主要是来自大海，母爱最主要的蕴涵地，当然是母亲了。但世上还有湖盐、井盐、岩盐、池盐……

母爱并不是母亲的专利，它是人类所有最美好最无私最博大的爱的总命名。比如未生育的女子，也会富含母爱，像医家泰斗林巧稚大夫，她的双手，便是摆渡万婴安达人世的慈航。在人类的发展史上，更有无数志士仁人，把无边的爱意和关怀倾泻人寰。那爱的纯正灼热，至今散发着炙烤肺腑的温度，促人们警醒，激人们向前。

无论我们是男人还是女人，成人还是少年，我们都曾欢欣地接受过母爱，我们也都可以成为辐射母爱的源泉。

娘间谍

我和她的相识，有点意思。我称她“娘间谍”——是她自己告诉我这个绰号的。我从小就很惊叹间谍的手段和意志力。

那天上班时分，传达室打来电话说，有一位女人，说是你的亲戚，找上门来，你见不见？我说，是什么亲戚呢？师傅说，她支支吾吾地说不清楚，我们觉得很可疑。你直接问她吧，检验一下。要是假冒伪劣，我们就打发她走。

师傅说着把话筒递给了那女人。于是我听到一个低低的声音，耳语一般说，毕作家，我不是你亲戚，可是我有重要的事情要对你说……啊，你怎么不记得我了呢，真是贵人多忘事啊！表姑全家还让我问你好呢，你赶快跟传达室的师傅说一下，让我上楼吧，他们可真够负责的了，不见鬼子不拉弦……师傅，您来听本人说吧……

后半截的声音明显放大，看来是专门讲给旁人听的。我于是乖乖地对传达室同志说，她是我亲戚，请让她进来。谢谢啦！

几分钟后，她走进门来。个子不高，衣着普通，五官也是淡而无奇的那种，没有丝毫特色。叫人疑惑刚才那番精彩的表演，是否出自这张平凡的面庞。

她不客气地坐下，喝茶。说，一个作家，又好找又不好找。说好找吧，是啊，报上有你的名字，实实在在的一个人，电脑这么发达了，找个人，按说不难。可是，具体打听起来，报社啊编辑部啊，又都不肯告诉你，好像我是个坏人似的……

我说，真是很抱歉。

她笑起来说，你道的什么歉呢？又不是你让他们不告诉我的。再说，这也难不住我，我在家里专门搞侦破，我女儿送我一个外号，叫“娘间谍”。

我目瞪口呆。半晌说，看来，你们家冷战气氛挺浓的啊。

她收敛了笑容说，要不我还不找你来呢！你能不能帮帮我？

我说，到底出了什么事？

她说，我就这一个女儿。我丈夫和我都是高工，就像优良品种的公鸡母鸡就生了一个鸡蛋，你说，我能不精心孵化吗？从小我就特在意女儿的一言一行。小孩子要是发烧，三等的父母是用体温表，水银柱蹿得老高了，才知道大事不好。二等的家长是用手摸，呦！这么烫啊！方发觉孩子有病了。我是一等的母亲，我只要用眼角这么一扫，孩子眼珠似有水汽，颧骨尖上泛红，鼻孔扇着，那孩子准是发烧了，我这眼啊，比什么体温表都灵。

女儿小的时候，特听我的话。甭管她在外面玩得多开心，只要我在窗台上这么一喊，她腾腾地拔脚就往家跑。有一回，跑太快，膝盖上磕掉了那么大一块皮，血顺裤腿流，脚腕子都染红了。邻居说，看把你家孩子急的，不过是吃个饭，又不是救火，慢点不行？我说，她干别的摔了，我心疼。往家跑碰了，我不心疼。听父母的话，就得从小训练，就跟那半个月之内的小狗似的，你教出来了，它就一辈子听你的。要是让它自由惯了，大了就扳不过来了。

左邻右舍都知道我有一个说一不二的女儿，我也挺满意的。现今都是一个孩子，我们今后就指着她了。让她永和父母一条心，就是自己最好的养老保险。

我忍不住打断她说，你这不是控制一个人吗？

她说，你说得对啊，不愧是作家，马上抓到了要害。要说我这个控制，还和一般的层次不一样。我做得不留痕迹。控制最基本的要素，就是掌握信息。叶利钦凭什么掌握着核按钮？不就是他比别人的信息知道得多吗？对儿女，你知道了他们的信息，你就掌握了他们的思想。你想让他们和谁来往，不想让他们和谁来往，不是手到擒来的事了吗？比如她常和哪些同学联系，我并不直接问她，那样她就会反感。年轻人一逆反，完了，你让他朝东他朝西，蛮拧。我使的是阴柔功夫。我也不偷看她的日记，那多没水平，一下子就被发现了。现在的孩子，狡猾着呢。我啊，买了一部有重拨功能的电话机。她不是爱打电话吗，等她打完了，我趁她不在，“啪啪”一按，那个电话号码就重新显示出来了。我用小本记下来，等到没人的时候，再慢慢打过去，把对方的底细探来。这当然需要一点技巧，不过，难不倒我。

我点点头。不是夸奖这等手段，是想起了她刚在传达室对我的摆布。

她误解成赞同，越发兴致勃勃。

女儿慢慢长大了，上了大学，开始交男朋友。这可是一道紧要关口啊。我首先求一个门当户对，若是找个下岗女工的儿子，我们以后指靠谁呢？所以，我特别注重调查和她交往的男孩子的身世。一发现贫寒子弟，就把事态消灭在萌芽状态。

我说，这能办得到吗？恋爱的通常规律是：压迫越重，反抗越凶。

她说，我不会用那种正面冲突的蠢办法。我一不指责自己的女儿，那样伤了自家人的和气。我二不和女儿的男友直接交涉，那样往往火上浇油。我啊，绕开这些，迂回找到男方的家长。我向他们显示我家优越的地位，当然这要做得很随意，叫他们自惭形秽。述说女儿是个骄娇小姐，请他们多多包涵，让他们先为自己的儿子日后“气管炎”捏一把汗。最后，做一副可怜相，告知我和老伴浑身是病，一个女婿半个儿，后半辈子就指望他们的儿子了……她说到这里，得意地笑了。

我按捺住自己的不平，问道，后来呢？

她说，后来，哈哈，就散伙了呗。这一招，百试百灵。我总结出了一个经验，下层劳动人民，自尊心特别强，神经也就特脆弱。你只要影射他们高攀，他们就受不了了。不用我急，他们就给自己的小子施加压力，我就可以稳操胜券坐享其成了。

我说，你一天这般苦心琢磨，累不累啊？

她很实在地说，累啊！怎么能不累啊？别的不说，单是侦察女儿是不是又恋爱了，就费了我不少的精力。后来，我发明了一个好办法，说出来，你可不要见笑啊。女儿是个懒丫头，平日换下的衣服都掖在洗衣机里，凑够了一锅，才一齐洗。我就趁她走后，把她的内裤找出来，仔细地闻一闻。她只要一进入谈恋爱，裤子就有特殊的味道，可能是荷尔蒙吧，反正我能识别出来。她不动心的时候，是一种味道；动了真情，是另一种味道……那味一出现，我就开始行动了……近来她好像察觉了，叫我娘间谍，不理我了。你说我该怎么办？

天啊！

我大骇，一时间什么话都对答不出。在我所见到的母亲当中，她真是最不可思议者之一。

我连喝了两杯水之后，才把自己的情绪稳定住。我对她讲了很多的话，具体的是些什么，因为在激动中，已记得不很清楚了。那天，她走时说，谢谢你啦！我明白了，女儿不是我的私有财产，我侵犯了女儿的隐私权。我会改的，虽然这很难。

我送她下楼，传达室的师傅说，亲戚们好久没见，你们谈挺长时间啊。

我叹口气说，是啊。我很惦念她的女儿啊。

分手时，娘间谍对我说，你要是有工夫，就把我对你说过的话，写出来吧。因为我得罪了不少人，我也没法一一道歉了。还有我的女儿，有的事，我也不好意思对她说。你写成文章，我就在里面向大家赔不是了。

娘间谍走了。很快隐没在大街的人流中，无法分辨。

青虫之爱

我有一位闺中好友，从小怕虫子。不论什么品种的虫子都怕。披着蓑衣般茸毛的洋辣子，不害羞地裸着体的吊死鬼，一视同仁地怕。甚至连雨后的蚯蚓，也怕。放学的时候，如果恰好刚停了小雨，她就会闭了眼睛，让我牵着她的手，慢慢地在黑镜似的柏油路上走。我说，迈大步！她就乖乖地跨出很远，几乎成了体操动作上的“劈叉”，以成功地躲避正蜿蜒于马路的软体动物。在这种瞬间，我可以感受到她的手指如青蛙腿般弹着，不但冰凉，还有密集的颤抖。

大家不止一次地想法治她这毛病，那么大的人了，看到一个小小毛虫，哭天抢地的，多丢人啊！早春天，男生把飘落的杨花坠，偷偷地夹在她的书页里。待她走进教室，我们都屏气等着那心惊肉跳的一喊，不料什么声响也未曾听到。她翻开书，眼皮一翻，身子一软，就悄无声息地瘫到桌子底下了。

从此再不敢锻炼她。

许多年过去，各自都成了家，有了孩子。一天，她到我家中做客，我下厨，她在一旁帮忙。我择青椒的时候，突然从蒂旁钻出一只青虫，胖如蚕豆，背上还长着簇簇黑刺，好一条险恶的虫子。因为事出意外，怕那虫蜇人，我下意识地将半个柿子椒像着了火的手榴弹扔出老远。

待柿子椒停止了滚动，我用杀虫剂将那虫子扑死，才想起酷怕虫子的女友，心想刚才她一直目不转睛地和我聊着天，这虫子一定是入了她的眼，未曾听到她惊呼，该不是吓得晕厥过去了吧？

回头寻她，只见她神态自若地看着我，淡淡说，一个小虫，何必如此慌张。

我比刚才看到虫子还愕然地说，啊，你居然不怕虫子了？吃了什么抗过敏药？还是狠斗私字一闪念，阶级觉悟有了大提高？

女友苦笑说，怕还是怕啊。只是我已经能练得面不改色，一般人绝看不出破绽。刚开始的时候，我就盯着一条蚯蚓看，因为我知道它是益虫，感情上接受起来比较顺畅。再说，蚯蚓是绝对不会咬人的，安全性能较好……这样慢慢举一反三，现在我无论看到有毛没毛的虫子，都可以把惊恐压制在喉咙里。

我说，为了一个小虫子，下这么大的功夫，真有你的。值得吗？

女友很认真地说，值得啊。你知道我为什么怕虫子吗？

我撇撇嘴说，我又不是你妈，我怎么会知道啊！

女友拍着我的手说，你可算说到点子上了，怕虫子就是和我妈有关。我小的时候，是不怕虫子的。有一次妈妈听到我在外面哭，急忙跑出去一看，我的手背又红又肿，旁边一条大花毛虫正在缓缓爬行。我妈知道我叫虫蜇了，赶紧往我手上抹牙膏，那是老百姓止痒解毒的土法。以后，她只要看到我的身旁有虫子，就大喊大叫地吓唬我……一来二去的，我就形成了条件反射，看到虫子，真魂出窍。

后来如何好的呢？我追问。依我的医学知识，知道这是将一个刺激反复强化，最后，女友就成了巴甫洛夫教授的案例，每一次看到虫子，就恢复到童年时代的大恐惧中。世上有形形色色的恐惧症，有的人怕高，有的人怕某种颜色，我曾见过一位女士，怕极了飞机起飞的瞬间，不到万不得已，她绝不搭乘飞机。一次实在躲不过，上了飞机。系好安全带后，她骇得脸色刷白，飞机开始滑动，她竟号啕痛哭起来……中国古时的“一朝被蛇咬，十年怕井绳”说的也是这回事。只不过杯弓蛇影的起因，有的人记得，有的人已遗忘在潜意识的晦暗中。在普通人看来是微不足道的小事，对当事人来说，痛苦煎熬，治疗起来十分困难。

女友说，后来有人要给我治，说是用“逐步脱敏”的办法。比如先让我看虫子的画片，然后再隔着玻璃观察虫子，最后直接注视虫子……

原来你是这样被治好的啊！我恍然大悟道。

嗨！我根本就没用这个法子。我可受不了，别说是看虫子的画片了，有一次到饭店吃饭，上了一罐精致的补品。我一揭开盖，看到那漂浮的虫草，当时就把盛汤的小罐摔到地上了……朋友抚着胸口，心有余悸地讲着。

我狐疑地看了看自家的垃圾桶，虫尸横陈，难道刚才女友是别人的胆子附体，才如此泰然自若？我说，别卖关子了，快告诉我你是怎样重塑了金身？

女友说，别着急啊。听我慢慢说。有一天，我抱着女儿上公园，那时她刚刚会讲话。我们在林荫路上走着，突然她说，“妈妈……头上……有……”她说着，把一缕东西从我的发上摘下，托在手里，邀功般地给我看。

我定睛一看，魂飞天外，一条五彩斑斓的虫子，在女儿的小手内，显得狰狞万分。

我第一个反应是像以往一样的昏倒，但是我倒不下去，因为我抱着我的孩子。如果我倒了，就会摔坏她。我不但不曾昏过去，神志却是从没有的清醒。

第二个反应是想撕肝裂胆地大叫一声。因为你胆子大，对于惊叫在恐惧时的益处可能体会不深。其实能叫出来极好，可以释放高度的紧张。但我立即想到，万万叫不得。我一喊，就会吓坏了我的孩子。于是我硬是把喷到舌尖的惊叫咽了下去，我猜那时我的脖子一定像吃了鸡蛋的蛇一样，鼓起了一个大包。

现在，一条虫子近在咫尺。我的女儿用手指抚摸着它，好像那是一块冷冷的斑斓宝石。我的脑海迅速地搅动着。如果我害怕，把虫子丢在地上，女儿一定从此种下了虫子可怕的印象。在她的眼中，妈妈是无所不能无所畏惧的，如果有什么东西把妈妈吓成了这个样子，那这东西一定是极其可怕的。

我读过一些有关的书籍，知道当年我的妈妈，正是用这个办法，让我一生对虫子这种幼小的物体，骇之入骨。即便我长大之后，从理论上知道小小的虫子只要没有毒素，实在不值得大惊小怪，但我的身体不服从我的意志。我的妈妈一方面保护了我，另一方面用一种不恰当的方式，把一种新的恐惧，注入到我的心里。如果我大叫大喊，那么这根恐惧的链条，还会遗传下去。不行，我要用我的爱，将这铁环砸断。

我颤颤巍巍伸出手，长大之后第一次把一只活的虫子，捏在手心，翻过来掉过去地观赏着那虫子，还假装很开心地咧着嘴，因为——女儿正在目不转睛地看着我呢！

虫子的体温，比我的手指要高得多，它的皮肤有鳞片，鳞片中有湿润的滑液一丝丝渗出，头顶的茸毛在向不同的方向摆动着，比针尖还小的眼珠机警怯懦……

女友说着，我在一旁听得毛骨悚然。只有一个对虫子高度敏感的人，才能有如此令人震惊的描述。

女友继续说，那一刻，真比百年还难熬。女儿清澈无瑕的目光笼罩着我，在她面前，我是一个神。我不能有丝毫的退缩，我不能把我病态的恐惧传给她……

不知过了多久，我把虫子轻轻地放在了地上。我对女儿说，这是虫子。虫子没什么可怕的。有的虫子有毒，你别用手去摸。不过，大多数虫子是可以摸的……

那只虫子，就在地上慢慢地爬远了。女儿还对它扬扬小手，说了声“拜拜——”

我抱起女儿，半天一步都没有走动。衣服早已被黏黏的汗浸湿。

女友说完，好久好久，厨房里寂静无声。我说，原来你的药，就是你的女儿给你的啊。

女友纠正道，我的药，是我给我自己的，那就是对女儿的爱。

我和瑞恩妈妈的不同

在报上看到一个故事。那是1998年的一天，加拿大的6岁男孩瑞恩刚一放学，就急急忙忙跑回家，向妈妈伸出手，说，给我70加元，我要给非洲的孩子修一口井。原来，老师在给一年级的孩子们上课时说，非洲的孩子没有玩具，没有粮食和药品，甚至连洁净的水也喝不上。成千上万的孩子就这样死去了。瑞恩听了非常难过。老师接着告诉大家，一分钱可以买一支铅笔，25分可以买175粒维生素药片，一加元可以吃一顿饱饭，两加元可以买一条毯子。而70加元，可以挖一口井。

6岁的瑞恩下了一个决心：明天我要带来70加元，我要为非洲的孩子挖一口井。

这就是故事的由来。对于瑞恩的想法，我倒不觉得奇怪，孩子嘛，基本上都是富于爱心和怜悯之情的，他们常常想入非非。虽然成人世界有很多阴郁，但我们教育孩子的时候，总是以阳光和温暖为主。当我看到这里的时候，倒是为瑞恩的妈妈苏珊捏了一把汗——怎么回答呢？

苏珊是一家娱乐委员会的顾问，丈夫马克是警察。也就是说，他们是加拿大的工薪阶层，家里共有三个男孩，瑞恩是中间的一个。苏珊对瑞恩说，70加元太多了，我们负担不起。

我松了一口气。是的，要是我，我也这么说。要是孩子的每一个善良的愿望都付诸实施，几乎所有的家庭都会破产。

瑞恩没有放弃自己的请求，只要一有时间，他就向父母重复这个愿望。苏珊和马克不得不认真地对待这件事了，他们讨论之后，向瑞恩宣布了一个方案：我们不能白白地给你这些钱，如果你真的想得到，你可以自己去赚。

苏珊在电冰箱上放了一个旧饼干盒子，画了一个积分表，上面有35条线。饼干盒子里每增加两加元，瑞恩就可以涂掉一个格子。妈妈对眼巴巴的儿子说，你只有做完额外的家务活，才能得到报酬。你以前做的那些可不算。

瑞恩答应了。6岁的孩子开始吸地毯，足足干了两个多小时，妈妈验收之后，在饼干盒子里放下了最初的两加元。瑞恩开始帮邻居捡大风吹落的树枝，从此不再买玩具，别人看电影的时候，他擦窗户……就这样开源节流，整整4个月之后，瑞恩攒够了70加元。

苏珊托了朋友，多方打听，找到了一个名叫“水罐”的组织，他们负责到非洲打井。苏珊带着隆重地穿上了小西服的瑞恩到了那里，人们告知他们，70加元只够买一个水泵，挖一口井需要2000加元。瑞恩说，那好吧，以后我干更多的活儿，来攒够这笔钱。

苏珊和马克真是发愁了，就算他们的小儿子再不辞劳苦地干家务，可是他们也付不出这笔工资啊。

苏珊的朋友被感动了，用电子邮件把瑞恩的故事传了出去。后来当地报纸登出了这个故事，名字就叫“瑞恩的井”。许多人看了报道，把钱寄给“瑞恩的井”。他的父母为了管理这些钱，专门成立了“瑞恩的井基金会”，在乌干达安格鲁打下了第一口井，现在，这个基金会的筹款已经达到了75万加元，正在帮助更多的非洲人实现喝上洁净的水的愿望。

瑞恩作为唯一的加拿大人，被评为“北美十大少年英雄”，并得到加拿大总督颁发的国家荣誉勋章。面对着这样辉煌的荣誉，瑞恩今后将何去何从？苏珊说，瑞恩他已经做得够多的了，如果他选择放弃，我们绝不会勉强他。就是说，如果瑞恩决定放弃他的井，他的爸爸妈妈如同当年支持他打井一样，也支持他关井。

不由得想起，如果我有瑞恩这样一个孩子，我该如何应对？

我想首先在瑞恩提出要给非洲的小朋友捐一口喝水的井时，假如我心情不好，我会不耐烦地挥挥手说，这都是大人们管的事，你还小，操那么多心干什么？快写作业去！

假如我心情不错，也许会拿出一张世界地图，指着非洲对他说，你知道非洲在哪儿？看见了吗？在这儿，离咱们十万八千里呢！就算你真有一片爱心，也得等你长大了再说。好了，睡觉去吧，梦中你就能到非洲。

如果我的孩子一定要捐70加元用来打井，如果我是一个富人，我会说，好，你来亲亲妈妈的脸，妈妈就给你这70加元。我的孩子多懂事啊，多么有爱心啊。

如果我手头拮据，我会悻悻地说，你还想用做家务挣钱给非洲人，我天天都在家做家务，谁给我钱了？做家务是挣不来这些钱的，你的算盘打错了，有这个时间，你多读点书比什么都好，自己的事情都拉扯不清，连稀粥都快喝不上了，还搭理什么非洲！

如果我的孩子真的不畏艰难，靠自己的努力攒够了70加元，委托我把它捐到非洲去，我会把钱暗暗收起，然后对他说，我已经把钱寄出去了，非洲那地方很远，你别着急，也许很久之后才会有回音呢！当我几乎忘掉此事的时候，孩子问起，我就会支支吾吾地说，哦，那些钱……当然了，是的，寄出去了，你知道非洲离我们万水千山，他们很难和咱们联系得上，总之我相信他们是收到了……当我说这些话的时候，舌头直打结。那笔钱已经变成了红烧凤爪或是一套课辅教材，叫我如何交代得出确切下落！

就算是我没有贪污孩子打井的资助，我也不可能为他设立一个基金会。我会觉得这是多此一举，是没事找事自寻烦恼，我一天为了自家的柴米酱醋盐还掰不开镊子呢，哪里顾得上非洲！也许对当年记挂着亚非拉三分之二受苦难的人民一事印象太深，我现在格外地愿意关注自家。

好了，就算是我为他设立了一个基金会，得到了社会各界的认可和支持，就算他得到了“十佳少年”的称号，上报上电视上广播，我和苏珊最大的分歧也将暴露出来。我无论如何也不能让他停下来。哪怕是他疲倦了，我越俎代庖也要鞭策他保持晚节（对这么小的孩子，也许不能说晚节，那就是早节吧）。哪怕是他厌倦了，我就是打着骂着哄着，也要让他在舆论面前惟妙惟肖地表演爱心。哪怕是他兴趣转移，我也要千方百计地敦促他一如既往地维持下去。既然已经走到了这一步，就好比是上了一条金光闪闪的传送带，怎能轻言退下？光环簇拥着，不能善罢甘休。无论如何也要咬牙挺到被保送上了名牌大学，把这个小英雄称号的内在价值充分利用起来。非洲的井里有没有水，在我这个妈妈的心里，是远远比不上孩子的前途和读书重要的。

我并非一个特别自私的特例。当瑞恩和妈妈一道来中国，在我们的电视台做客的时候，观众问得最多的问题是：瑞恩这样关注非洲的井，不会影响到他的学习吗？这个问题被问到的次数之多，连翻译都说他不耐烦了。

也许我的孩子和瑞恩没有太大的不同，但我和瑞恩的母亲实在是有很多的不同。这些不同，不仅仅是经济上的差异，还有文化和传统上的不同。比如我们会把一个孩子读书的成绩，看成是唯此为大的事情，相信仓廪足然后知荣辱，以为爱是建筑在物质的富裕之上的奢侈。值得反思的不是我们的孩子，而是我们自己。虽然从时间顺序上看起来是先有了瑞恩的想法，然后才有了支持瑞恩的妈妈的行动，其实，是先有了瑞恩的妈妈，才有了瑞恩。这不仅是从生理的意义上来说，从思想的意义上也是如此。

孩子，我为什么打你

有一天与朋友聊天，我说，就是在“文化大革命”中当红卫兵，我也没打过人。我还说，我这一辈子，从没打过人……

孩子突然插嘴说：妈妈，你经常打一个人，那就是我……

那一瞬，屋里很静很静。那一天，我继续同客人谈了很多的话，但所有的话都心不在焉。孩子，你那固执的插话，仿佛爬山虎无数细小的鬈须，攀满我的整个心灵。

面对孩子纯正无邪的眼睛，我要承认：在这个世界上，我只打过一个人。不是偶然，而是经常；不是轻描淡写，而是刻骨铭心。这个人就是你。

在你最小最小的时候，我不曾打你。你那么幼嫩，好像一粒包在荚中的青豌豆。我生怕任何一点儿轻微的碰撞，将你稚弱的生命擦伤。我为你无日无夜地操劳，无怨无悔。面对你熟睡中像合欢一样静谧的额头，我向上苍发誓：我要尽一个母亲所有的力量保护你，直到我从这颗星球上离开的那一天。

你像竹笋一样开始长大。你开始淘气，开始恶作剧……面对你摔破的盆碗、拆毁的玩具、遗失的钱币、污脏的衣着……我都不曾打过你。我想这对于一个正常而活泼的儿童，就像走路会跌跤一样应该原谅。

第一次打你的起因，已经记不清了。人们对于痛苦的记忆，总是趋向于忘记。总而言之，那时你已渐渐懂事，初步具备童年人的智慧：它混沌天真又我行我素，它狡黠异常又漏洞百出。你像一匹顽皮的小马，放任无羁地奔向你向往中的草原，而我则要你接受人类社会公认的法则……为了让你记住并终生遵守它们，在所有的苦口婆心都宣告失效，在所有的夸奖、批评、恐吓以及奖赏都无以建树之后，我被迫拿出最后一件武器——这就是殴打。

假如你去摸火，火焰灼痛你的手指，这种体验将使你一生不会再去抚摸这种橙红色抖动如绸的精灵。孩子，我希望虚伪、懦弱、残忍、狡诈这些最肮脏的品质，当你初次与它们接触时，就感到切肤的疼痛，从此与它们永远隔绝。

我知道打人犯法，但这个世界给了为人父母者一项特殊的赦免——打是爱。世人将这一份特权赋予母亲，当我行使它的时候臂系千钧。

我谨慎地使用殴打，犹如一个穷人使用他最后的金钱。每当打你的时候，我的心都在轻轻颤抖。我一次又一次问自己：是不是到了非打不可的时候？不打他我还有没有其他的办法？只有当所有的努力都归于失败时，孩子，我才会举起我的手……

每一次打过你之后，我都要深深地自责。假如惩罚我自身可以使你汲取教训，孩子，我宁愿自罚，哪怕它将苛烈十倍。但我知道，责罚不可以替代也无法转让，它如同饥馑中的食品，只有你自己嚼碎了咽下去，才会成为你生命体验中的一部分。这道理可能有些深奥，也许要到你为人父母时，才会理解。

打人是个重体力活儿，它使人肩酸腕痛，好像徒手将一千块蜂窝煤搬上五楼。于是人们便发明了打人的工具：戒尺、鞋底、鸡毛掸子……

我从不用那些工具。打人的人用了多大的力，便要遭受到同样的反作用力，这是一条力学定律。我愿在打你的同时，我的手指亲自承受力的反弹，遭受与你相等的苦痛。这样，我才可以精确地掌握分量，不至于失手将你打得太重。

我几乎毫不犹豫地认为：每打你一次，我感到的痛楚都要比你更为久远而悠长。因为，重要的不是身累，而是心累……

孩子，我多么不愿打你，可是我不得不打你！我多么不想打你，可是我一定要打你！这一切，只因为我是你的母亲！

孩子，听了你的话，我终于决定不再打你了。因为你已经长大，因为你已经懂得了很多的道理。毫不懂道理的婴孩和已经很懂道理的成人，我以为都不必打，因为打是没有用的。唯有对半懂不懂、自以为懂其实不甚懂道理的孩童才可以打，以助他们快快长大。

孩子，打与不打都是爱，你可懂得？

在儿子成绩不好的时候

沉重而陌生的脚步声在门口停住了，却又久久未听见人揿门铃。这是谁呢？我从门镜向外窥去，来人个子很矮，看不见面目，只见一团乱糟糟的头发。我知道门外是刚放学的儿子，显然他做错了什么事。

“妈妈，我的语文测验考坏了，只得了78分……”

78分！这怎么可能呢？儿子芦淼虽然才9岁，可已经是五年级的学生了。平时成绩相当不错，如果说数学考试还有临场马虎、发挥失常的情形出现，语文是不应该出现这种情况的。前不久，他还代表学校参加过区里的作文比赛呢！我不是那种一见成绩不好便火冒三丈、连打带骂的家长，但孩子得了从未有的低分，这使我震怒了。我尽量稳住自己的神色。孩子已经学会察言观色，尤其是你知道消息后的第一分钟。假如你不想让他埋下撒谎、推诿、怨天尤人的种子，你必须保持冷静。

我开始看他的卷子，想找出应该吸取的教训。问题远较我预想的复杂。重点题是一篇挺有意思的童话：小鸟病了，猫化装成医生想去吃掉小鸟。小鸟发现了猫露在白口罩边的胡子，识破了猫的伪装，猫只得扫兴而归。要求写出本文的主题思想。我那宝贝儿子写道：“要想达到目的，应该努力把事情做得更仔细。”从卷子上划破纸面的大红“×”，可以想见老师的恼怒。

“妈妈，我错了。主题应该是不要被敌人的花言巧语所欺骗，要善于识别敌人的伪装……我太喜欢猫了……”儿子低着头说。

事情就这样结束了吗？好像并不那么简单。我觉得在孩子明显谬误的结论里，有一种难得的求异思维萌芽存在着，世界上的万物是复杂的，如果从猫的那一方面去看问题呢？他的想法也不无道理。扼杀掉这种萌芽，自然是很容易的，再不允许他想入非非就是。但循规蹈矩的结果，在得到一些东西的同时，也失去了一些东西。也许，是更可贵的东西。

这是一个很难掌握的分寸，尤其是对一个才9岁的孩子。

我说：“童话里的猫和生活中的猫不是一回事。”他点点头。

“我们分析一件事情要先把爱憎搞清楚。猫要吃小鸟，你还能为猫出主意想办法吗？”这一次，他没有点头，小小的眉毛聚在一起，像要永远记住这句话。

“如果猫和小鸟在玩游戏，你的答案不但不算错，还是一个小创造呢！比方说对牛弹琴这个成语，原意是讥笑听琴人不懂音乐，如果我们尊重听琴者，就是弹琴人的不对了，为什么要不看对象给牛弹琴呢！但是，你要记住，永远不能同情邪恶的人和事情。”

“妈妈，我懂了。”儿子的眼光很清澈明亮。

真懂了吗？恐怕没那么容易。谁知道他那小脑袋瓜儿里还会产生多少异想，也许他还会搞错的。我和孩子一块努力吧。他学做好孩子，我学做好妈妈。

妈妈无小事

《一厘米》是我多年以前的一部短篇小说，写的时候挺随意。因为身边有很多小也妈妈那样的女性，背负着岁月的尘沙，心灵有很多沧桑的折痕，但希望自己的孩子生长出纯正善良高贵的品行，能比自己有出息。我看到她们不倦而持久的努力，很感动，也很敬重。甚至在心的角落里，有一点哀伤。我能体谅到她们的艰辛，以微薄的心力构造一个庞大的工程，她们很不容易。很多人在这个过程中退缩了，因为反面的力量很强大，妈妈的屏障是有限的。况且，由于自身的限制，她们文化低，经济差，社会地位不高，挑战是那样严峻……我想把自己的笔，贴到她们心灵的触角上，感受她们的窘境，描绘她们的苍凉和锲而不舍的挚爱。

《一厘米》发表以后，反响比我想象的要大。它被翻译成日文，在日本以单行本出版。英国的迈克米仓出版公司，在我所有的作品里，单选了这一篇作为我的代表作（如果让我来选，大约不会选它）。根据它改编的电视剧，也受到了老百姓的普遍欢迎。一位正在读研究生的女孩写信给我，说把这篇小说偷偷地藏起来了。她说自己还很年轻，没有结婚，有点不好意思。但她希望自己以后有了孩子，会像小也妈妈那样，照料培养后代……这些正面的反馈，闹得我有点受宠若惊。文中所写的事情，实在是不算大。

我也听到不同的反映，多半是当爸爸的男人们，他们说，毕淑敏，有那时间，你写点大事好不好？一厘米，算什么！

的确，这世界上有很多大事，特别是在男人们的眼中。遥远的战火，会吸引他们热切的目光。科索沃的一车难民，或许重于自己孩子的一声啼哭。但我以为，女人们，特别是妈妈们，有自己独到的计算。孩子是妈妈永恒的天空。我们为什么要把这个世界建设得美好，不就是为了我们的孩子吗？要是我们有了最先进的科技，有了向外太空遨游的资本，而我们的孩子却成了废物，成了恶魔，那人类所有的努力，就在襁褓中化为了灰烬。

感谢《小说林》当年发表了这部小说，并记得它，且重新出版，能让更多的已为父母，或是将为父母的人读到以这件小事写成的故事。

妈妈是没有小事的。当人们在无边的琐碎中，朦胧了自己的价值观，我们的孩子被忽略之时，我希望有小也妈妈那样的女人，站在土地上，温暖严格地呵护着自己的孩子。无论父母怎样卑微，依旧含辛茹苦地培育着人类的良知和勇敢。像一只森林的老兽，把觅食的本领传授给自己的后代，让人类的美好发扬光大。

附耳细说

韩国的古书，说过一个小故事。

一位名叫黄喜的相国，微服出访，路过一片农田，坐下来休息。瞧见农夫驾着两头牛正在耕地，便问农夫，你这两头牛，哪一头更棒呢？农夫看着他，一言不发。等耕到了地头，牛到一旁吃草，农夫附在黄喜的耳朵边，低声细气地说，告诉你吧，边上那头牛更好一些。黄喜很奇怪，问，你干吗用这么小的声音说话？农夫答道，牛虽是畜类，心和人是一样的。我要是大声地说这头牛好那头牛不好，它们能从我的眼神、手势、声音里分辨出我的评论，那头虽然尽了力，但仍不够优秀的牛，心里会很难过……

由此想到人，想到孩子，想到青年。

无论多么聪明的牛，都不会比一个发育健全的人，哪怕是稍明事理的儿童，更敏感和智慧。对照那个对牛的心理体贴入微的农夫，世上做成人、做领导、做有权评判他人的人，是不是经常在表扬或批评的瞬间，忽略了一份对心灵的抚慰？

父母常常以为小孩子是没有或是缺乏自尊心的，随意地大声呵斥他们，为了一点小小的过错，唠叨不止。不管是什么场合，有什么人在场，只顾自己说得痛快，全然不理会小小的孩子是否承受得了。以为只要是良药，再苦涩，孩子也应该脸不变色心不跳地吞下去；孩子越痛苦，越说明对这次教育的印象深刻，越能够起举一反三的效力。

这样的父母，实在是想错了。

能够约束人们不再重蹈覆辙的唯一缰绳，是内省的自尊和自制。它的本质是一种对自己的珍惜和对他人的敬重，是对社会公有法则的遵守与服从。如果一个孩子从小就在无穷的心理折磨中丧失了尊严，无论他今后所受的教育如何专业，心理的阴暗和残缺很难弥补，人格潜伏着巨大危机。

人们常常以为只有批评才需注重场合，若是表扬，在任何时机任何情形下都是适宜的，这也是一个误区。

批评就像冰水，表扬好比热敷，彼此的温度不相同，但都是疗伤治痛的手段。批评能使我们清醒，凛然一振，深刻地反省自己的过失，迸发挺进的激奋。表扬则像温暖宜人的淋浴，使人血脉偾张，意气风发，产生勃兴向上的豪情。

但如果是在公众场合的批评和表扬，除了对直接对象的鞭挞和鼓励，还会涉及同时聆听的他人的反应。更不消说领导者常用的策略往往是这样：对个别人的批评一般也是对大家的批评，对某个人的表扬更是对大多数人的无言鞭策。至于做父母的，当着自家的孩子，频频提到别人孩子的品行作为，无论批评还是表扬，再幼稚的孩子也都晓得，这是醉翁之意不在酒的含沙射影。

批评和表扬永远是双刃的剑。使用得好，犀利无比，斩出一条通达的道路，使我们快速向前。使用得不当，就可能伤了自己也伤了他人，滴下一串串淋漓的鲜血。

我想，对于孩子来说，凡是隶属天分的那一部分，无论是表扬还是批评，都不必过多地拘泥于此。就像玫瑰花的艳丽和小草的柔弱，都有浓重的不可抵挡的天意蕴藏其中，无论其个体如何努力，可改变的幅度不会很大，甚至丝毫无补。玫瑰花绝不会变成绿色，小草也永无芬芳。

人也一样。我们有许多与生俱来的特质，每个人都是不同的。比如相貌的俊丑，身材的高矮，气力的大小，智商的高低……在这一范畴里，都大可不必过多地表扬或是批评。夸奖这个小孩子是如何的美丽，那个又是如何的聪明，不但无助于让他人有的放矢地学习，把别人的优点转化为自己的长处，反倒会使没有受表扬的孩子滋生出满腔的怨怼，使那受表扬者繁殖出莫名的优越。批评也是一样，奚落这个孩子笨，嘲笑那个孩子傻，他们自己无法选择换一副大脑或是神经，只会悲观丧气，也许从此自暴自弃。别的孩子在这种批评中无端地得了傲视他人的资本，便可能沾沾自喜起来，松懈了努力。

批评和表扬的主要驰骋疆域，应该是人的力量可以抵达的范围和深度。它们是评价态度的标尺而不是鉴定天资的分光镜。

我们可以批评孩子的懒散，而不应当指责儿童的智力。

我们可以表扬女孩把手帕洗得很洁净，而不宜夸赏她的服装高贵。

我们可以批评临阵脱逃的怯懦无能，却不要影射先天的多病与体弱。

我们可以表扬经过锻炼的强壮机敏，却不必太在意得自遗传的高大与威猛……

不宜的批评和表扬，如同太冷的冰水和太热的蒸汽，都会对我们的精神造成破坏。孩子和年轻人的皮肤与心灵，更为精巧细腻。他们自我修复的能力还不够顽强，如果伤害太深，会留下终生难复的印迹，每到淫雨天便阵阵作痛。遗下的疤痕，侵犯了人生的光彩与美丽。

山野中一个农夫，对他的牛，都倾注了那样淳厚的爱心。人比牛更加敏感。因此，无论表扬还是批评，让我们学会附在耳边，轻轻地说……

教你生病

儿子比我高了。

一天，我看他打蔫，就习惯地摸摸他的头。他猛地一偏脑袋，表示不喜欢被爱抚。但我已在这一瞬的触摸中，知道他在发烧。

“你病了。”我说。

“噢，这感觉就是病了。我还以为我是睡觉少了呢。妈妈，我该吃点什么药?”他说。

孩子一向很少患病，居然连得病的滋味都忘了。我刚想到家里专储药品的柜里找体温表，突然怔住。因为我当过许多年的医生，孩子有病，一般都是自己在家就治了。他几乎没有去过医院。

“你都这么大了，你得学会生病。”我说。

“生病还得学吗?我这不是已经病了吗?”他大吃一惊。

“我的意思是你必须学会生病以后怎么办。”我说。

“我早就知道生病以后该怎么办。找你。”他成竹在胸。

“假如我不在呢？”

“那我就打电话找你。”

“假如……你最终找不到我呢？”

“那我就……就找我爸。”

也许这样逼问一个生病的孩子是一种残忍。但我知道总有一天他必须独立面对疾病。既然我是母亲，就应该及早教会他生病。

“假如你最终也找不到你爸呢？”

“那我就忍着。你们早晚反正会回家。”儿子说。

“有些病是不能忍的，早一分钟是一分钟。得了病以后最应该做的事是上医院。”

“妈妈，你的意思是让我今天独自去医院看病？”他说。虽然在病中，孩子依然聪敏。

“正是。”我咬着牙说，生怕自己会改变主意。

“那好吧……”他摸着脑门说，不知是虚弱还是思考。

“你到外面去打的，然后到××医院。先挂号，记住，要买一个本……”我说。

“什么本？”他不解。

“就是病历本。然后到内科。先到分号台，护士叫你到几号诊室你就到几号，坐在门口等。查体温的时候不要把人家的体温表打碎。叫你化验你就到化验室去，要先划价，后交费。等化验结果的时候，要竖起耳朵，不要叫到了你的名字没听清……”我喋喋不休地指教着。

“妈妈，你不要说了。”儿子沙哑着嗓子说。

我的心立刻软了。是啊，孩子毕竟是孩子，而且是病中的孩子。我拉起他滚烫的手说：“妈妈这就领着你上医院。”

他挣开来，说：“我不是那个意思。我是说我要去找一支笔，把你说的这个过程记下来，我好照着办。”

儿子摇摇晃晃地走了。从他刚出门的那一分钟起，我就开始后悔。我想我一定是世上最狠心的母亲，在孩子有病的时候，不但不帮助他，还给他雪上加霜。我就是想锻炼他，也该领着他一道去，一路上指指点点，让他先有个印象，以后再按图索骥。虽说很可能留不下记忆的痕迹，但来日方长，又何必在意这病中的分分秒秒。

时间艰涩地流动着，像沙漏坠入我忐忑不安的心房。两个小时过去了，儿子还没有回来。我虽然知道医院是一个缓慢的地方，心还是疼痛地收缩成一团。

虽然我几乎可以毫无疑义地判定儿子患的只是普通的感冒，如果寻找什么适宜做看病锻炼的病种，这是最好的选择，但我还是深深地谴责自己。假如事情重来一遍，我再也不教他独自去看病。万一他以后遇到独自生病的时候，一切再说吧。我只要这一刻他在我身边！

终于，走廊上响起了熟悉的脚步，只是较平日有些拖沓。我开了门，倚在门上。

“我已经学会了看病。打了退烧针，现在我已经好多了。这真是件挺麻烦的事。不过，也没有什么。”儿子骄傲地宣布，又补充说，“你让我记的那张纸，有的地方顺序不对。”

我看着他，勇气又渐渐回到心里。我知道自己将要不断地磨炼他，在这个过程中，也磨炼自己。

孩子，不要埋怨我在你生病时的冷漠。总有一天，你要离我远去，独自面对包括生病在内的许多苦难。我预先能帮助你的，就是向你口授一张路线图。它也许不那么准确，但聊胜于无。

婚姻鞋

婚姻是一双鞋。

先有了脚，然后才有了鞋。幼小的时候光着脚在地上走，感觉沙的温热，草的润凉，那种无拘无束的洒脱与快乐，一生中将我们从梦中反复唤醒。

走的路远了，便有了跋涉的痛苦。在炎热的漠地被炙得像鸵鸟一般奔跑，在深陷的沼泽被水蛭蜇出肿痛……

人生是一条无涯的路，于是人们创造了鞋。

穿鞋是为了赶路，但路上的千难万险，有时尚不如鞋中的一粒沙石令人感到难言的苦痛。

鞋，就成了文明人类祖祖辈辈流传的话题。

鞋可由各式各样的原料制成。最简陋的是一片新鲜的芭蕉叶，最昂贵的是仙女留给灰姑娘的那只水晶鞋。

无论什么鞋，最重要的是合脚；不论什么样的姻缘，最美妙的是和谐。

切莫只贪图鞋的华贵，而委屈了自己的脚。别人看到的是鞋，自己感受到的是脚。脚比鞋重要，这是一条真理。许许多多的人却常常忘记。

我做过许多年医生，常给年轻的女孩子包脚。锋利的鞋帮将她们的脚踝砍得鲜血淋漓。缠上雪白的纱布，套好光洁的丝袜，她们袅袅地走了。但我知道，当翩翩起舞之时，也许会有人冷不防地抽搐嘴角，那是因为她的鞋。

看到过祖母的鞋，没有看到过祖母的脚。她从不让我们看她的脚，好像那是一件秽物。脚驮着我们站立行走。脚是无辜的，脚是功臣。丑恶的是那鞋，那是一副刑具，一套铸造畸形残害天性的模型。

每当我看到包办而蒙昧的婚姻，就想到了祖母的三寸金莲。

幼时我有一双美丽的红皮鞋，好像鞋窝里潜伏着一只夹脚趾的虫。每当我不愿穿红皮鞋时，大人们总把手伸进去胡乱一探，然后说："多么好的鞋，快穿上吧！"为了不穿这双鞋，我进行了一个孩子所能爆发的最激烈的反抗。我始终不明白：一双鞋好不好，为什么不是穿鞋的人具有最后的否决权?!

旁人不要说三道四，假如你没有经历过那种婚姻。

滑冰要穿冰鞋，雪地要穿雪靴，下雨要穿雨鞋，旅游要穿运动鞋。大千世界，有无数种可供我们挑选的鞋，脚却只有一双。朋友，你可要慎重！

少时参加运动会，临赛的前一天，老师突然给我提来一双橘红色带钉跑鞋，祝愿我在田径比赛中如虎添翼。我脱下平日训练的白网鞋，穿上像橘皮一样柔软的跑鞋，心中的自信也突然溜掉了。鞋钉将跑道锲出一溜齿痕，我觉得自己的脚被人换成了蹄子。我说我不穿跑鞋，所有的人都说我太傻。发令枪响了，我穿着跑鞋跑完全程。当我习惯性地挺起前胸，去冲撞冲刺线的时候，那根线早已像绶带似的悬挂在别人的胸前。

橘红色的跑鞋无罪，该负责任的是那些劝说我的人。世上有很多很好的鞋，但要看适不适合你的脚。在这里，所有的经验之谈都无济于事，你只需在半夜时分，倾听你脚的感觉。

看到那位赤着脚参加世界田径大赛的南非女子的风采，我报以会心一笑：没有鞋也一样能破世界纪录！脚会长，鞋却不变。于是鞋与脚，就成为一对永恒的矛盾。鞋与脚的力量，究竟谁的更大些？我想是脚。只见有磨穿了的鞋，没见有磨薄了的脚。鞋要束缚脚的时候，脚趾就要把鞋面挑开一个洞，到外面去凉快。

脚终有不长的时候，那就是我们开始成熟的年龄。认真地选择一种适宜自己的鞋吧！一只脚是男人，一只脚是女人，鞋把他们联结为相似而又绝不相同的一双。从此，世人在人生的旅途上，看到的就不再是脚印，而是鞋印了。

削足适履是一种愚人的残酷，郑人买履是一种智者的迂腐；步履维艰时，鞋与脚要精诚团结；平步青云时，切不要将鞋抛弃……

当然，脚比鞋贵重。当鞋确实伤害了脚，我们不妨赤脚赶路！

美好的性语言

一位研究性医学的专家，在某次会议的间隙郑重地对我说，他在临床上医治女患者时，需要充满美好情趣的性幻想文字辅助治疗，而这类文章在中国几乎空白，不知道文学家能否做这件事？

他说这话的时候，很严肃地注视着我。我猜到了那目光后面的含义：您能帮这个忙吗？

我赶紧装作不曾察觉他的微言大义，把话头岔了开去，他也再不曾提起。但这个题目，却像一枚竹刺扎进指甲，久久地梗在那里，敏感且令人作痛。

我本来想说，让那些女人看看《金瓶梅》吧。但又一想，它不符合美好情趣这一要求，再加上也太古老陈旧了。那么当代中国有多少符合美好情趣的性文学呢？

巡视四周，难以寻觅。

当我认真地思考这一问题的时候，突然发现自已陷入了哑区。也就是说，我们这个民族，在这个非常重要的领域，当代集体失语。

食色，性也。我们是食的大国，我们有非常发达的烹调术语。它从古至今，源远流长地传递下来了，并有远播世界的可能。在我们悠久的古文化里，也有关于性的文字，但夹杂着对女性的歧视和单纯技术观点，很有分析提炼的必要。可惜近代以来，玉石俱焚，基本中断了。一般人无法得见。

我们现在实用的性语言体系，大体由两部分组成。

一部分是民间俗语，它们生猛下流，把对女性的欣赏求索和强烈的歧视，把对性的生殖本能崇拜和道德伦理层面的蔑视，奇异复杂地纠缠搅拌在一起，色厉内荏，泥沙俱下。那些市井流布的近乎狎妓和流氓的语言，实在令今日受过良好教育的知识阶层，无法在20世纪的夕阳和21世纪的曙光里，心甘情愿地接纳和重复运用它们。

另一部分是医学术语，它们准确但是粗疏，拗口且不灵便，实用性很有几分可疑。一位做心理咨询的朋友说，半夜时分，常常有咨询性问题的电话。对方的口气十分为难，结结巴巴，倒不是不好意思，因为反正彼此不见面，说什么都无所谓。主要是因为他找不到合适的词，述说自己的苦痛。他会吭吭哧哧地嘟囔……我的那个地方，就是……男人的那个地方，叫……咨询员一般会适时地解救他，以平稳的口气说：您说的是阴茎吗？那个人如遇大赦，赶快重复：是——阴——阴茎……口气极生疏和晦涩，称呼自己的器官，好像在谈一位外星来客。某做医生的青年朋友，说她在做爱的前戏时分，不知如何表达，只得把一堆形容生殖系统的医学术语抛出，她先生说自己有被推上手术台的感觉，兴趣顿时索然。

顺便说一句，我以为当初汉语言翻译界，以医学术语为人体生殖器官命名的时候，好像欠周详且漫不经心。比如阴茎这个词，就很有些莫名其妙。女性的那一整套系统，统以“阴”字打头，这或许是受了中国传统哲学的影响，以为世分阴阳，女子为“阴”，因此沿袭下来，也算言之有据。但夹了男子的这样一个阳物在内，不伦不类的，造成了理解上的模糊。再比如，人对一朵花，尚且有花蕊、花瓣、花茎等一系列的细致区别，对人体的其他重要的器官，也不厌其烦地分段命名。例如牙齿，就有门齿、犬齿、臼齿等不同。一个空空如也囊似的胃，进口和出口，也分了贲门、幽门，好像命名一间书房。唯独对烦琐的生殖系统，却一言以蔽之，马马虎虎地以“头”“体”“尾”粗略剁开，就算交了差。好像那是一条无关紧要的小鱼，不值得认真对待。

人们两难。于是我们的文学书籍，当必不可少地需提及性的时候，巧妙地用“××”来代替，近年来又有了方框（□□）一法。但我不知在清扫了视觉污染的同时，考虑到了读者阅读的心理过程没有？通常遇到“××”的时候，人们会在默诵中，将它用自己已知的各种民间俚语或是更为粗鄙的市井语言，一一复原，甚至反复顺畅，默诵再三，以检验自己复原的妥帖性。于是那印刷者最初的洁净苦心，就悲哀地付诸东流了。至于方框，更引起了扑朔迷离的争执，以为那不过是描写和印刷杂交的噱头。

面对喑哑，人们于是因陋就简地寻找代用品，有时到了哭笑不得的地步。比如“睡觉”这个词，和吃饭读书一样，原本的含义是再清楚明白没有了。但现在成了性的隐喻，一般人竟不敢随便用了。其实谁都知道，那件事并不一定非得合上眼，安了眠才做得。人们正正常常睡觉的时候，一定比用这隐语的时辰要多，但现在鸠占鹊巢，反倒失了本意，让人用这个词的时候，常常三思而后行。

作家是以运用语言为爱好并为职业的。文字是作家的砖瓦，人人守土有责。现代汉语，如波涛滚滚的江河，不断收纳各行各业的专业术语，丰富发展并澄清积淀着自身。比如近年来电脑语言的大举入侵，就很令人欣喜和警觉。但是我们的性语言体系，至今令人悲哀地僵化着，陈腐着，粗鄙着，不登大雅之堂地低级着。

人的每一组器官，都是神圣和精彩的。人体的生理活动，更是科学和文学重要的研究和组成部分。美好的性，是阳光下的火炬。21世纪，是生物和心理学大发展的年代。在这个世纪的门槛上，中国的语言学家、性学家和文学家，应当携起手来，创建汉语高雅美好的性语言体系。

危险的花烛

洞房花烛夜，金榜题名时。一句古话。一句从男人的嘴里说出的话。为什么这么讲？

我问过若干的女人，年轻的和年老的。问她们濒临结婚时的感受，有人说祈盼，有人说恐惧。更多的人说——焦虑。就是没有人把它比作高考成功，晋官加爵。

我常常不明白，结婚是常人常事；金榜题名，却是凤毛麟角。要知道，即使在希望小学深入穷乡僻壤的今天，大学也绝非人人有得上，结婚却是基本普及。两者的概率相差很大，怎能不分青红皂白就烩成一锅？

婚礼是性交的广告。这是鲁迅说的。他老人家刻薄尖利，但一语中的。对于婚礼的豪华铺排，兴师动众，单独看去，有些莫名其妙。但从巨资投入广告以推广正宗产品这个角度想，很多的不明白就水落石出了。

在我们的古老文化中，婚礼是一件纯粹正面的事情。比如对罹患重症的病人，可以用结婚这件事来冲喜，好像它是一棵千年的深山老参，喝下去能够回阳救逆。最耳熟能详的典型，要数《红楼梦》中的贾宝玉。但好像非但他没能霍然痊愈，古籍中的其他案例也是胜少败多。

在西方近代的心理学和社会学的研究中，远没有我们这样乐观。他们把结婚看成一把双刃剑，既有积极正面的一面，也不乏消极负面的一面。有一种表格，是专门统计人们对日常生活中发生的种种变化，能否良好地适应。那表可谓包罗万象，把世人可能遭遇的变故，都囊括了进去，从双亲逝去到圣诞节旅游，从搬家坐牢到离婚退休……然后给一个量化的分值（洋人有点刻板机械，是不是？但也有好处，就是利于比较。本着他山之石可以攻玉的谦虚精神，我们姑且就参考它）。

通过对五千多人的调查研究表明，当变化的指数大于一百五十的时候，绝大多数人就会感到严重的不适，导致抑郁或是心脏病发作。

那么在这份表格当中，各种具体事件的分值是怎样的呢？按影响严重程度排列起来，位于前列的三项是：

金牌：配偶的死亡。分值一百。

银牌：离婚。分值七十三。

铜牌：夫妻分居。分值六十五。

……

至于印象中对健康影响甚大的金钱，威力倒远比我们想象的要轻弱些。比如抵押和借贷一万美元，分值只有十七，仅相当于过一半的圣诞节。

是的，过节也会带给人焦虑。圣诞节的分值是十二。细细想，也有道理。人逢佳节倍思亲，缠绵的眷恋和离愁，相信每一个游子都没齿不忘。就算合家欢乐，假日经济一蓬勃，熙熙攘攘的出行，那份辛苦与消耗，也未必能被游山玩水的快乐冲抵。

说了这许多，一定想知道结婚的分值。

告诉你，这个答案是——五十。

相当于死亡的一半。相当于离婚的三分之二。相当于分居的百分之七十七。

我猜很多人看到这个分值的反应，和我一样，先是惊讶然后是嗤之以鼻，最后竟有隐隐的谴责了。危言耸听吧？能有那么严重吗？不至于！燃烧的红烛，高悬的灯笼，大红的喜字，纷飞的糖果……难道竟是温柔陷阱，给我们的身心构成巨大的压榨？

多年前因为不以为然，反倒特别清楚地记下了这组数据。并且在之后的若干岁月里，总惦记着击溃这个论点。于是，我遇到“围结婚期”前后的男女（借鉴“围产期”这一术语，我自拟出了“围结婚期”。时间范围以婚礼为轴心，前后各约数月），总要问询他们的感受。

结果，我大大地诧异了。现代人，无论男性还是女性，普遍对婚姻有着难以言说的惆怅。两个出身、身份、学历、性格、爱好、职业……差异多多的人，由于婚礼，走到一方屋檐下。无论恋爱时怎样深入了解，结婚依然为这种关系带来了质的变化，于是它就蕴涵了深刻的未知。未知带来了不安定感，由于不安定，便滋生出浓厚的焦虑和恐惧。在这个前所未有的重大决定面前，越是认真负责和有思考的人，越是感到某种深层的紧张和不安。是啊，两株不同的植物，从各自的土壤中连根拔起，摩肩接踵地栽到一个狭小的盆里，从此以后，连一滴露水都要彼此劈开饮下。这一份亲密接触，在温柔中潜藏着强烈的摩擦和张力。

于是，现代的婚姻就成了阵地。在喜烛红色的火焰中，弥散着芬芳而危险的硝烟。

性别按钮

假如我们身上有一个按钮，可以随时改变我们的性别，我将在一生的许多时候使用它，让我们假设按钮的颜色，男性为红女性为绿吧，因为我们这个民族素有“红男绿女”这样一个成语。

我想象自己的身体也许像交通繁忙的十字街头，红红绿绿闪烁个不停。

当我还是一个胎儿的时候，我选择女性。因为根据最新的科学研究证明：在女性特有的那两个XX染色体上，除了表示性别，还携带着许多抗病的基因。流产夭折的孩子多半是男婴，就是因了这个缘故。请别谴责我的自私，外面的世界这么喧哗美丽，我这辆小小的跑车，不能还没驶出车站就抛锚。

当降生终于开始的时候，我毫不犹豫地选择男性。我要向人世间发出最嘹亮动人的哭声，宣告一个生命——我的到来。一个理由是女孩子的哭声多半太秀气，自己就听得没情绪。最主要的原因是为了让我的亲人们高兴。无论社会怎样进步，中国人还是喜欢男孩。尤其在产房里的时候，生了男孩的妈妈眉飞色舞，生了女孩的妈妈低眉顺眼……为了能让自己的妈妈理直气壮，为了能让望眼欲穿的爷爷奶奶喜笑颜开，我只好义无反顾地选择男性。这可绝不是向世俗的偏见低头，而只是想在出生的这一瞬间，带给我的亲人更多的快乐。

我在襁褓中慢慢长大。这段期间，做男婴还是做女婴都无所谓。在没有发明舒适的纸尿布以前，我想还是做男孩好一些，享受干爽的机遇比较多。随着科学的不断先进，这件小事不再能左右我揿动电钮。在这段人生最美好的时光里，我男女不辨地随意躺在绵软的带围栏的小床里，用小手追逐缓缓移动的阳光，学会对着使我们愉悦的事物微笑。我们脱离了母体的温暖，独自面对自然界的风霜。我们尝试着对饥饿和病痛发出抗争，但我们其实很无奈。假如没有亲人的呵护，无论男孩还是女孩，我们都软弱。

像初夏的青苹果，我们缓缓地长大。这段时间如果一定要我选择，我就当女孩吧。因为在这期间，我们会无师自通地学会人世间最重要的知识——语言。女孩的舌头像鹦鹉，她们学话的速度比男孩快多了。虽说中国流传着“贵人语迟”的民谚，但我还是喜欢做个平凡人，早早地学会向他人表达自己的看法。

接着，我们突然像竹笋一样，日新月异地膨胀起来，不断地增长淘气本事爬高下低，没头没脑地疯跑，在自己的脸上糊上泥，把玩具肢解得遍地都是，从一块石头疯狂地跳上另一块石头，在水里溅起一连串的水花……这都是男孩子的特权啊！我要做个男孩，把身上的红色按钮死死揿下。做男孩可以把鞋子踢烂、把衣服挂破、把手指划出血、把膝盖磕掉皮而不遭家长的斥责。男孩在玩耍上享有天然的豁免权，当他们无意间伤害了别人的财产和自己的身体时，大人们多半会宽容地说，嗨！男孩子嘛，就是这个样子！

女孩子可要倒霉得多。几千年的观念像一张透明的娇柔的网，将你裹得紧紧的。你时刻感到不能自由自在地呼吸和手舞足蹈。你看得见外面的一切，却不能随心所欲地飞翔。你抗议的时候，别人会莫名其妙地说，没有呀？没有谁束缚你。真叫你有苦说不出。

开始上学了。我愿意回到女儿身。男孩子太顽劣了，屁股底下像有颗大滚珠，不会安安静静在椅子上待一刻。他们终究会意识到知识的重要，可是距那大彻大悟的关头，他们还要穿过漫长的隧道。在这个觉醒的过程中，他们恶劣的成绩，将被老师斥责，同学耻笑，家长软硬兼施，邻里议论纷纷……这种经历对一个人的心智是大考验。许多男孩就在这种挫折感中，失去了人最宝贵的自尊。而女孩，就比较地平顺，因为她们知道死用功。灵灵秀秀的女孩穿得干干净净，乖乖地举手发言，讨老师的喜欢。下了课，挟着平平整整的作业本回家，给爸爸妈妈一个好成绩。小学真是一个女孩的黄金时代，她们像新生的豆荚饱满和嫩绿，充满着勃勃的生气。

到了十一二岁的时候，我要赶快把绿色按钮变换成红色按钮，再迟就来不及了。那位将陪伴每一个女人青春时代的殷红色朋友就要来啦！她每月一次的造访你无法拒绝，陪着她，你困倦激动好哭爱发脾气……惹不起，我们躲得起。

去做男人。

男人此刻异军突起。他们在一夜之间变得强健英俊，仿佛蜕尽了最后一层躯壳的知了，高高地飞到了白杨树梢，向全世界发出尖锐的鸣叫。尽管歌声还不够老练，但他们终究会成熟起来的。这个时期的男性永远是一个谜，你不知道他们是在哪一个早上，突然从男孩变成了男子汉。老天爷的鬼斧神工，毫不留情地把他们大脑的沟壑凿深，雕刻出他们坚毅的下巴和眉宇，慷慨地在制造他们潇洒智慧的同时，随赠了一大包的幽默。仿佛在不经意之间，他们流露出勇气与旷达。当然了，他们也脆弱，也孤独，也想入非非，也躁动不安，但鹿一般雄壮的气息缠绕着他们，他们在奔跑中不断完善。

岁月的炉火燃烧着，熔炼着男人和女人的金丹。

女人最美丽的季节到了。俗话说女大十八变，最动人的变化悄悄地发生着，我终于忍不住跑回去做女人了。

少女的头发像鸦羽一样闪亮，你盯着看久了，会闪出墨绿的光泽。瞳孔里因为蕴涵了过多的期望而显得秋水淋淋。肌肤像刚刚裱制出的白绸，细腻光滑无一丝波痕。柔曼的腰肢，玲珑的曲线，都带着稍纵即逝的精致。

她们的心绪，像一块绿毡似的秧田。看似平静，其实每一阵微风荡过，都引起所有的枝叶震颤。

草莓红了。芭蕉被雨淋湿。成熟的樱桃想飞到天上去，无所不在的万有引力又使它飘落黄土地。

无论女人有多少瑰丽的想象，她们一生中最重要的事，是寻找那个缺了肋骨的男人，重新嵌进他的胸膛。无论找到找不到，都有无尽的苦恼与欢乐。

男人和女人终于镶在一起了。

在女人行将破裂的那一瞬，我决定逸出她的躯壳，去做一个男人。因为此时的男人好威风啊！

婚后的男人，太累太累。好像追赶太阳的夸父，一头担着事业，一头担着家庭。出于怕苦怕累的天性，又使我翻回头去想做女人，但女人已开始孕育生命。这是充满创造也充满艰险的劳动，简直是女人一生中最大的劫难。

女人变得面目全非，身躯沉重，步履蹒跚。脸上趴着褐色的蝴蝶，曲线被圆弧毫不留情地替代。心脏汹涌地鼓荡着，供给着两个人的血脉。

那是生与死的循环啊。女人或者捧出两条生命，或者与她的婴孩一起沉没海底。

面对生命的链条，我怯懦地闭上眼睛。我真的不知该选择做男人还是做女人，也许人生就是无止境的苦难，无论怎样巧妙地在礁石上跳来跳去，我们还是得被巨流浇得透湿。

也许在真正美妙的融合中，男人和女人是一堵砌在高坡上的墙。你不可能将他们分开，你不可能说自己是其中的砖还是泥水。墙矗立着，或者訇然倒塌，或者很有风度地站上一千年，依然像刚完工那般新鲜。

真的，我们不必区分得太分明。一个好的男人和一个好的女人，在共患难的日子里，是一种奇怪的有四只脚和四只手的动物。他们虽然有两颗心，却只有一个念头——风雨同舟地向前。

新的生命诞生了。

从这儿以后，还是坚持做男人吧。哺育的担子太重，社会又对女人提出了太多的角色。在家是举案齐眉的贤妻良母，出外是叱咤风云的巾帼强人。父母膝下返璞归真的孝女，社交场合典雅华贵的夫人……一副副面具需要轮换着镶在脖颈上，深夜里女人会仰天叹息：我在哪里？

做男人就简明扼要多了。他们缓缓地但是坚定不移地向着既定的目标前进，好像一艘巨大的航空母舰。他们的轮廓在岁月中渐渐模糊，但内心仍坚定如铁。失败的时候，他们在人所不知的暗处，揩干净创口的血痕。当他们重又出现在太阳下的时候，除了觉出他的脸色略显苍白以外，一切如常。他们也会哭泣，但流出来的是血不是水。血被风干了，就是美丽的玫瑰花，被他们不经意地夹在成功的证书里。

男人的自由多，男人的领域大。男人被人杀戮也被人原谅，男人编造谎言又自己戳穿它。男人可以抽烟可以酗酒可以大声地骂人可以随意倾泻自己的感情。历史是男人书写的，虽然在关键的时刻往往被一只涂了蔻丹的指甲扭转。那也是因为在那只手的后面，有一个男人微笑地凝视着她。

我懵懵懂懂疲倦地走过了许多年，频繁地选择着性别按钮，连自己也感觉厌烦。似乎每一次选择的动机都是避重就轻，人类的弱点在选择中暴露无遗。

选择的机会不是很多了，我们已经老迈。

时间是一个喜欢白色的怪物，把我们的头发和胡子染成它爱好的颜色。它的技术不是太好，于是我们就变得灰蒙蒙。孩子长大了，飞走了，留下一个空洞的巢穴。由于多年在一起生活，我们吃一样的饭，喝同一种茶叶沏成的水，甚至连枕头的高度也是一致的。我们变得很相像，像一对古老的花瓶，并肩立在博物架上，披着薄薄的烟尘。

我们不可遏制地走向最后的归宿。我们常常亲热地谈起它，好像在议论一处避暑的胜地。其实我们很害怕，不是害怕那必然的结局，是害怕孑然一身的孤独。

我们争论谁先离开的利弊。男人和女人仿佛在争抢一件珍贵的礼物，都希图率先享受死亡的滋味。

在这人生最后一轮的选择中，我选择女性。

我掂轻怕重了一辈子，这次挺身而出。男人，你先走一步好了。既然世上万事都要分出个顺序，既然谁留在后面谁更需要勇敢，我就陪伴你到最后。一个孤单的老翁是不是比一个孤单的老媪更为难？让我噙这颗坚硬的胡桃到最后吧。

这是生命的分工，男人你不必谦让。

你病了，我会在你的床前，唱我们年轻时的歌谣。我会做你最爱吃的饭，因为你说过，除了你的母亲，这个世界上我做的饭最对你的口味。我们共同回忆以往的时光，把辛苦忙碌一辈子没来得及说的话，借病房的角落全部说完。

其实话是说不完的。

有一天，你突然说要告诉我一个秘密。你说男人都有自己的秘密，你对我这样好，其实我不值得你对我这样好……

你要用秘密回报我的真诚，这样使我在你死后不会太伤心。

我立刻用苍老的手，堵住你的嘴。我说，你别说，永远别说。我们之间没有秘密，最大的秘密就是我们怎样在茫茫人海中相识，从过去一直走到将来。

男人走了，带着他永远的秘密。

现在，我已无法再选择。

那两个红色绿色的按钮，已经剥脱了油彩，像两颗旧衣服上的扣子。

选择性别，其实就是选择命运。男人和女人的命运有那么多的不同，又有那么多的相同。

我最后将两颗按钮一起揿下，我不知道会发生什么样的事情。

它们破裂了。留下一堆彩色的碎片。

我作为一个女人，来到这个世界上。我又作为一个女人，离开这个世界。似乎所有的选择都是徒劳。

不。我用一生的时间，活出了两生的味道。

为自己的身体投一票

当人们看到一本书，却无法根据书名想见内容的时候，通常会怔一下。有两种反应可供选择：一是把它甩到一边，因为它超出了我们已知的知识范畴，它冒犯了我们。另外一种就是很好奇地打开它，看它到底说些什么。

幸好当我看到江西教育出版社的《赛博医学》时，采取了第二种处置方法，才使我没有和一本好书失之交臂。

“赛博”是个挺复杂的词，大致的意思是把人和信息源联结起来，出现一种新型的交流空间。

医学这两个字，倒是熟面孔。有20多年的时间，我天天裹在白大衣里，和它形影不离。现在它在脑袋上加了“赛博”这一玄妙前置，好像老朋友新烫了时髦发型，使我阅读的时候，常有不自在和刮目相看的感觉。

等及看完，掩卷长思，觉得很有触动。

它的内容不复杂，正如它的副标题所示——计算机如何帮助医生和病人提高医疗质量。具体说来，就是计算机可以让病人自行表达病史、进行诊断、指导保健等。

说实话，在看到这本书之前，我从来没想过病历可由机器完成。大脑顽固地认为，医学是仅存的几门基本上要由人工独立操作的技艺之一，是手工劳动最后的孤独堡垒。此书打破了我的陈见，并以很有趣的实验数据，证明如果软件设计得足够精彩，病人面对着一架机器叙述病情，可能比对着医生更加自如，病史的采集也更加完备。

我几乎目瞪口呆，本能地不愿相信这个统计结果。

记起我当实习医生的时候，第一次写病历，煞是紧张。病历是第一手文件，一旦出了医疗事故，是要上法庭作证据的。写病历有很多规则，好似一份严谨的经济合同。我事先把有关格式背得滚瓜烂熟，生怕有什么遗忘。虽说忘了，也还可再进病房，补充询问一遍病人，但那仿佛初战失利，让人懊丧。况且，对一个实习医生来说，保持老练形象，事关重大。病室中住了好几个病人，你三番五次地回访某人，旁人都能看出你初出道，就不相信你了。说严重点，简直就是出师未捷身先死，很惨的。于是，我仿佛像草台班子的小演员首次出台，把现病史、既往史、家族史……倒背如流，这才战战兢兢地推开了病房的门。

不但问得要周全、万勿遗漏，病人的回答也要记得烂熟，才好回来如实写病历。一份病历就像一部小说，考验着医生对那个陌生人的生命流程和生理结构的描述，同时挑战着医生的记忆和思维。它不但蕴涵着庞大劳动量和智慧的付出，而且潜藏着人为的疏忽和倦怠的危险。而这种种暗疾，在医疗行业之外的人，常常难以痛切地察觉，无法有效地防止可能出现的失误。

我们的时代，是一个遍地讲“黑话”的时代。各行各业都有一些独特的语词，独立于公共汉语之外，孤傲而神秘地屹立在那里，好像早年间敌特的接头暗号。比如你进了电脑店，就得做好领受计算机术语轰炸的准备。你打算装修房间，就会被建筑材料的种种称谓，浸泡得双耳肿胀。行业的划分越来越细致，每个行当都建立了一套自己的内部语系，都是由你认识的中国字组成的，但连缀在一起，内涵却神秘莫测。

此类尴尬，我想，每一个在现代都市中生活的人，都会在不同场合领教。其中最令人惶恐和不知所措的局面，相信是在医院的遭遇。大夫们谈论的是你的身体，可你却对它一无所知。某张化验单上所有的数据，都是你的生命指征，它却对你满面不屑。那些从本质上是属于你的，你却无法知晓含义的符码，麻木地看着你，缄口不吐它们的秘密。你一定尝试着问过医生，但医生冷峻的面容使你陡觉自己的弱智，难以启齿。即便有谁拨冗为你解答，你也很快地自惭形秽，觉得骚扰了医生的时间，近乎图财害命。你想偷看医书查询，但浩如烟海的书籍，让你眼花缭乱。即便找到了一本相关的资料，那种行业的黑话，又已匍匐在字里行间等着袭击你了……

当一个人对自己的身体失去了解和控制的时候，那种恐惧和茫然，那种失落和挣扎，那种孤独和无助，那种悲苦和折磨，必定撕心裂肺。人在进化过程中亟待解决这一问题，它的优先性也许大于我们对外空间的探索。

《赛博医学》的主导思想正是这样的。它以人本主义为自己的哲学基础，提出了“病人的权利”这一主张。当本书的作者——斯赖克医学博士，坐在“当事人中心”学派的始祖——罗杰斯俭朴的家中时，他的思想发生了根本性的转折。他明白了，以往的医学专业人员，都是把家长式作风当成自己工作中的主要组成部分，从而剥夺了病人自我依靠和自我尊重的权利。

好像是一个悖论。计算机是个机器，但它的介入，却打破了医生——一种人的一统天下和霸权。在医学这一纯粹为人服务的领域内，渗进了更多人性的意味。

冰冷的没有生命的计算机的参与，使得病人对自己温热的身体，具有了更多的知情权和决定权。我们的身体，是灵魂居住的地方。它的检测和维修，无论我们托付的医生多么负责和周到，最后的关键一票，应该执掌在本人手中（危急情况例外）。计算机在这个过程中帮助了我们，我们应该给它献一束玫瑰。当然那花，最终还要转到为计算机设计了充满人性意味程序的科学家手中。

永别的艺术

近读一文，内有几位日本女性，款款道来，谈她们如何人到中年，就开始柔和淡定地筹划死亡。好像戏刚演到高潮，主角就潜心准备谢幕时的回眸一笑，机智得令人恐惧。

一位艺术家，62岁时，把家中房子改建成三间，适合老年人居住，以用作“最后的栖身之所”。删繁就简，把用不着的家具统统卖掉，只剩下四把椅子，两个杯盘。丈夫叹道：这么早就给我收拾好啦！

一位女儿为父母收拾遗物，阁楼就像旧仓库，到处是旧书和电话簿，摞得比人还高。式样该进博物馆的服装，包装的盒子还未撕开。不知何时买下的布料，质地早已发脆。像出土文物一般陈旧的卫生纸，不起丝毫泡沫的洗涤剂……但房地产证、银行存折、名章等重要物件，却不知藏在什么地方。她想起母亲生前常说，我是不会给孩子们添任何麻烦的……心想，人不能在死亡面前好强，还是未雨绸缪的好。

她把父母家中的家具、衣物、餐具都处理了，最难办的是，母亲生前花了250万日元自费出版的自传，剩下100多册，无法处置。再三考虑之后，女儿双手合十默念道：妈妈，留下来的人还要生存，只有对不起您了。说完，她只收起4部自传，其余的都销毁。母亲的日记，她带走了。但每读一遍，都沉浸在痛苦之中。当她49岁时，先烧掉了自己的日记，然后把母亲的日记也断然烧光，从此一了百了。

风靡全球的《廊桥遗梦》，其实也是一篇从遗物讲起的故事。死之前应该做的事，似乎还挺多。如果疏忽了，有时便是难以弥补的缺憾。一位妻子患病住进医院，丈夫天天守候在床边，寸步不离。妻子刚开始是感动，随之就是生疑。终于察觉到自己患的不是一般病，丈夫是在永诀前，尽力增多和自己待在一起的时间。女人深深地不安了，一再强烈要求出院，回到自己家中。丈夫知她病情重笃，哪敢让她走？只好不断用“明天我们就办手续”敷衍她。女人终于在一天夜里，大睁着双眼走了。丈夫整理妻子遗物的时候，发现了她与情人8年相通的记载，总算明白妻子最后放心不下的是什么了。

读着这些文字，心好像被一只略带冷意的手轻轻握着，微痛而警醒。待到读完，那手猛地松开了，顷刻有新鲜蓬松的血，重新灌注四肢百骸，令人感到阳间的温暖。

第一次清晰地感受生者对死亡的准备，是十几岁下乡时，房东大娘在秋阳下晾晒老衣。她脸上欣赏的神色和寿装绚丽妖娆的色彩，令我感到她有一种早日套入它们的期待。细想起来，农牧社会的死亡，也是节俭和单纯的。一个人死了，涉及的不过是几件旧衣，或烧或送，都好处置。其他农具家具炊具，属于公众的大家庭，不会也不应随了死者遁去。

现代社会在种种进步之中，也使死亡奢华和复杂起来。你不在了，曾经陪伴你的那些物品，还坚固地存在。怎么办呢？你穿过的旧衣，色彩尺码打上强烈个人印迹，假如没有英王妃戴安娜的名气，无人拍卖无处保存。你读过的旧书，假如不是当世文豪，现代文学馆也不会收藏，只有掩在尘封中，车载斗量地卖废品。你用过的旧家具，式样过时，假如不是紫檀或红木，也无后人青睐，或许丢弃垃圾堆。你的旧照片，将零落一地，随风飘荡，被陌生的人惊讶地踏着问：这是谁？

当我认真思忖死后的技术性问题时，感觉到的不再是对死亡的畏惧，而是对不幸参与料理这一切事务的人，充满歉意。假如是亲人，必会引起悸痛，但我的本意，是希望他们平静。假如是素不相识的人，出于公务或是仁慈相助，更应减少他人的劳动强度。

我原以为死亡的准备，主要是思想和意志方面，不怕死，是一个充满思辨的哲学范畴。现在才醒悟，涉及死亡的物质和事务，也相当繁杂。或者说，只有更明智巧妙地摆下尘世间最后的棋子，才能更有质量地获得完整的人生尊严。

让年富力强的人考虑死亡，似乎是一件可笑的事情。但死亡必定会在某一个不可知的时辰，与我们正面相撞，无论多么伟大的人物，都要臣服它的麾下。

经常想想自己明天或者最近就可能死，是一件有趣而且有益的事。

第一是有利于感悟生命，体验到它的脆弱和不堪一击，会格外地珍惜今天。有许多暂时看来无法跨越的忧愁与痛苦，在死亡的烈度面前，都变得稀薄了。

第二是有利于抓紧时间。日常生活的琐碎重复，使我们常常执拗地认为，自己是坐拥无限时光的富翁，可以随意抛撒。死亡给了我们一个不由分说的倒计时，无论你此刻多么精力超群，时间之囊里的水，都在一去不复返地失落着，储备越来越少。

第三是有利于我们善待他人，快乐自身。死亡使真情凸显，友情长存。

总之，死亡是不讲情面的伴侣，厮伴我们终身。此公最大的爱好就是冷不防，极少发布精确的预告。于是如何精彩地永别，就成了值得深入探讨的问题。日本女人的想法，像她们的插花，细致雅丽，趋于婉约。我想，这门最后的艺术，不妨有种种流派，阴柔纤巧之外，也可豪放幽默。小桥流水或横刀跃马，都可以事先多次设计，身后一次完成。或许将来可有一种落幕时分的永别大赛，看谁的准备更精彩，构思更奇妙，韵味更悠长。

唯一的遗憾，就是这比赛的冠军，不能亲自领奖了。

恐龙和艾滋的对话

我坐在一位科学家摆满瓶瓶罐罐和化石的实验室里，呼吸着混合了现代与远古气息的空气，听他冷峻地讲话，额头到颈后的寒毛，一片片竖立。

科学家说，现代人谈到艾滋病时，个个摆出深恶痛绝的模样。其实从医学的角度说，艾滋病毒真是很温和很讲理很绅士的病毒呢。

说它温和，是指它的毒力柔弱。哦，你不要企图插嘴或是反驳。艾滋病现在是世界上最恐怖的瘟疫，没有任何确实有效的药物可以制伏它对人类的迫害。但是，从感染艾滋病毒到发病，有一个几年甚至长到十几年的潜伏期，漫长得多么温柔啊。

假如和流行性感冒的病人接触，几个小时或者几天之后，自己的鼻子眼睛就会复制出感冒的全套症状。感冒病毒是很凶恶的，它属爆竹脾气，一点就着。艾滋病可是一个慢性子。

在没有发病的日子里，艾滋病感染者可以毫无症状，甚至依然保持强有力的体魄。比如美国著名的篮球“魔术师”和矫健的跳水王子，都是在这种情形下照样夺冠军取金牌的。你能想象世上还有这样通情达理的病毒吗？

假如你得的是肺结核或是肝炎，你敢期望这类的好运气？它们会立刻把你平平地放倒在病榻。就是胃溃疡或是肠炎这种良性疾病，发作时你除了呻吟，也是干不成什么伟业的。你说，是不是？

我听得目瞪口呆，除了连连点头，只觉得自己的胃也应声绞痛起来。

科学家摇晃着满头柔软的白发，好像浸泡过的优等北京粉丝，银亮光洁。问，你想什么呢？

我随口说，在想您为什么不染头发？

话一出口，觉得有些不妥。但这的确是我此时此刻的真实疑问。

我喜欢纯天然。白发是一种生命代谢的天然。岁月送我白色，我就照单全收了。艾滋也是大自然馈送我们的礼物啊。科学家平静地说。

艾滋病毒是大自然用来陷害人类的。我说。

话不能那么讲。大自然是一视同仁的，在它那里，你不能说哪一个种类的生命是正确的，哪一个种类的生命是罪恶的。艾滋病毒在地球上的历史也许也和我们人类一样古老，它原本是生活在热带雨林的猿猴体内……

那猿猴还不早都死光了？我忍不住插嘴。

是啊。从理论上讲是这样的，艾滋病毒的潜伏期再长，也总有猛烈暴发的一天。按此推断，那种猿类早应灭绝。但是，它们确确实实还生存着。这说明什么呢？科学家看着我，好像在测验我的智商。

那些猿猴产生了抵抗力。我凭着自己早年间当主治医师的根底，思忖着回答。

具体原因还无法确定，你的猜想也是其中之一吧。很可能是综合的因素在起作用，那些最危险的病毒，有的时候并不是最猛烈的。如果它太疯狂了，在很短的时间内，就致自己的宿主彻底灭亡，那就意味着它也同时失去了生存的条件。

总之，双方斗争的结果，是猿猴和艾滋病毒达成了某种和平共处的协定，病毒一代代地繁衍着，猿猴也一辈辈地传宗接代，在我们人所不知的原始森林中，它们优哉游哉地过着封闭的日子。

在密林中，生活着人类的原始部落。由于和猿猴的密切接触，有的人也感染了艾滋病毒。病毒从猴身上进入人体内，发生了某种变异。这种极危险的变异完成后，艾滋病毒的毒性显著加强了。

我们不知道艾滋病毒的这次迁移，具体发生在什么时间，也不知有多少原始部落的人因此而灭亡。但那时，它波及的范围毕竟比较局限。后来，文明社会的人进入原始密林，他们从当地带回了这种陌生的病毒……20世纪末期的头号瘟疫，就像荒火般地蔓延开来，扑向世界，烧灼整个人类心灵。

病毒无罪。它的本性就是不断地裂变复制自己，但这个扩散的过程，对于我们人类来说，却是致命的。

病毒没有头脑，有头脑的是人。甚至艾滋病毒选择的传播途径，也是很节制的。它不像感冒是呼吸道飞沫感染，一个病人打的喷嚏，可以使一个礼堂的人患病。也不像从消化道传染的伤寒，一位病菌携带者的粪便污染了水源，就会使河流下游无数的人遭难。

艾滋病毒要讲道理得多，它只通过人类最亲密的性关系为自己寻找同盟。有句古话叫作“同甘共苦”，它身体力行这一规则。既然共同走进极乐，也共同堕入深渊。至今除了母婴之间的垂直传递和输入不洁血液制品招致感染，属于虐杀无辜以外，一般都是事出有因的。

科学家沉思着，目光透过玻璃窗，俯瞰着巨大的城市。

人类为自己的放纵招致了惩罚。也许艾滋病毒是一只上帝之手，借以警告人类自尊自爱。他自言自语。

人类是否能战胜艾滋？我问。

不知道。

他徐徐地说。人类曾经遭遇过许多灭顶之灾，有些我们已经战胜，历史记载着人类的骄傲。比如鼠疫和天花，霍乱和结核。有些我们正在进行艰苦卓绝的努力，天边也已依稀透出微茫的曙光，比如癌症……

但依我个人保守的估计，从现在开始到20世纪末，艾滋病是不可战胜的。所有已经发病的人，从拿到诊断书的那一天起，就等于乘上了一条通向死亡的长长的传送带。不管怎样挣扎反抗，传送带依旧向前，稳定地载着他们，送往墓地……

真是一幅可怕的图景！

我恨不得将眼睛闭上，把耳朵堵起来。但只有正视灾难才是唯一的选择。

人类最终能否战胜艾滋病毒？

我的语气强调“最终”二字。

最终……最终……

科学家喃喃地重复着，脸上突然显出和他一直侃侃而谈有异的迷茫神色。

他站起身，沿着高大的实验台和标本架走动着，仿佛在寻找什么。

我以为他累了，毕竟是年近古稀的人了。

当他从林立的柜子走出来时，手里托着一颗色泽黢黑表面粗糙椭圆状恍若水雷的物体。

这是恐龙蛋化石，它大约生活在六千万年以前。不等我发问，科学家宣布。

可以摸摸它吗？我小心翼翼地说。

当然可以。科学家批准。

我的手指战战兢兢触到这位远古的孑遗，它外壳温热，局部有着大理石般的细腻。我突然感到一种轻微但是确切无疑的跳动，在我的指端下有节律地碰撞着。

啊，它还是活的啊！我失声惊叫起来。

科学家安宁地说，那只是因为你紧张，感觉到了自己指尖的脉动。这一枚恐龙蛋，不但现在不可能生存，就是在六千五百万年以前，它也从来没有生存过。

我说，您是说，它是一枚没有受过精的蛋，不可能孵化出小恐龙吗？

科学家说，你说得也对也不对。它是一枚受过精的恐龙蛋，但它不可能孵化出小恐龙。当时不行，永远不行。

为什么呢？我大不解，壮起胆子，用力敲了敲卧在桌子上的恐龙蛋，它反弹出沉闷低哑的回声，好像在抗议这严厉的评判。

科学家眺望远方，冷峻地说：它的父母有病。它是一枚先天发育不良的废蛋。根据研究，在白垩纪晚期，恐龙大规模患病。从现代发掘到当时留存的恐龙蛋化石来看，它们似乎同患一种莫名其妙但是致命的重症。一窝蛋，百分之九十五的蛋都孵不出小恐龙，臭在那里，烂在那里……任何人都可以计算得出来，一个物种，以这个速度递减下去，它们的命运注定非常悲惨。

科学家结束了他的话，实验室里是可怕的沉默。

许久。我问，恐龙患的是一种什么样的疾病呢？

不知道。科学家说。

在科学世界里，未知的领域实在是太浩大了。也许，那就是恐龙的艾滋病吧。科学家轻轻地补充道。

这一瞬，我感到了真正的恐怖。恐龙曾经是这颗蔚蓝色的星球上，最雄伟最霸道最强健最智慧的生物。它们占据了海洋和天空，傲视天下群雄。它们无与伦比的身姿，是当时生命进化最完美的体现，它们力大无比骁勇异常……

可是，它们永远地灭绝了。也许只是因为一种要在显微镜下才可以看到的微不足道的病毒！

告辞的时候，科学家说，我的话只是一家之言，关于艾滋，关于恐龙，还有很多学说，兼容并蓄。

我除了说谢谢，面对他睿智的眼睛，一时竟想不出话来概括我的感受。

走在温暖熙攘人声鼎沸的大街上，我的心还是久久地冰冷着。

遥望天际，我想，假如恐龙妈妈会说话，面对着一百个当中只能生存五个的孩子，在滴下巨大的成分复杂的泪珠时，一定会有无数告诫传给后人。

消音器和指示针

在美国的一些心理机构访问，礼节性的交谈之后，我总是提出实地参观一下他们的心理辅导室。为什么会提出这个要求？主要是想看看人家是怎样布置心理诊所的，有点百闻不如一见的意思。打个不很恰当的比方，就像一个准备买房子的人，到别人家里做客，总忍不住要对主人说，我能看看你各个房间的陈设吗？当然了，私人空间和公共空间的保密度是不一样的，这另当别论。

美方的心理服务机构，一般都会很热情地满足我的要求。有的时候，他们也会很抱歉地说，对不起，我们的心理医生正在工作当中，不能打扰他们。咱们只能在心理辅导室的单面镜后面看一下。

一次，我悄悄地同负责接待我的临床心理医生来到观察室的单面镜后面。观察室很大，很空旷，除了若干椅子和一面巨大的单面镜之外，几乎没有其他的陈设。不难想见，在必要的时候，这里可以容纳一大群人，在单面镜的后面虎视眈眈地瞄着辅导室内的情况。

单面镜这种东西，在一般人的印象中似乎不怎么好，多半和鬼祟与阴谋联系在一起。人们通常是从间谍影片中认识单面镜的。一个男人，对着镜头刮胡子，龇牙咧嘴的，做着一些只有一个人独处的时候才有的怪样子，甚至干脆自得其乐地挤出一泡尿……待观众们看得云山雾罩时，镜头才缓慢地摇移，出现一块晶莹的玻璃，在玻璃的这一面，聚结着一伙居心叵测的人，正在仔细地研究刚才那个人的一举一动、一颦一笑……观众们这才猛然醒悟到，原来隔开双方的不是一块普通的玻璃，而是单面镜。单面镜的奥妙就在于被观察的那一方，完全无知无觉，以为是面对真空，但实际上，他的所有活动都被众多的火眼金睛所监测。

和单面镜打过一次交道。某方邀请专家组讨论问题，我也忝为一员。记得意见分歧较大，争论煞是激烈，场上两方，各不相让。战火中，突然进来一位款款的小姐，托着一个精致的盘子，盘子上有一封折叠的信。会议主持者打开了信，看着。那一瞬，所有的舌头都被冻住，视线都被这个奇怪的纸条锁定。主持人看完纸条说，讨论就进行到这里，因为领导层已经清楚了大家的看法，觉得很受启发。他们的意见倾向是某一方面，希望大家沿着这个方向，再进一步地深入下去。

领导层发了话，原先的争论就打住了，大家就新的问题再次唇枪舌剑。领导的倾向，正是我所坚持的那个方向，按说己方意见受到了重视，该是高兴的。但那天，我精神萎靡，继续讨论的兴趣散失殆尽。总在想，场外的领导，是怎么知道场内的情形的？在会议过程中，并没有任何一个人走出过会场啊。后来，我自作聪明地认为，一定是在角落，有一台小录音机或是录像设备，把大家的发言同声传递了出去。

怀揣种种猜测的，绝非我一人。证据是后来的讨论，全都心不在焉。疑问像铁钩，坠着大家的肝肠。会议结束后，不知道是主办者为了答疑还是偶然，把与会人员带到了相邻的房间。一进门，全都噤了声。一面和墙壁等宽等高的单面镜，矗立在刚才研讨的那间房子和现在这间房子中央。简单说吧，可以把它想象成一间超长的大房子，中间镶有一堵玻璃的墙壁。只允许光线单方面的进出——从这面看那面，洞若观火，千变万化尽收眼底。从那面看这面，铁壁合围，渺无声息波澜不惊。

与会的诸君，面面相觑，什么也没说。看来不是没什么好说的，是不知如何说好。当然了，大家在会上说的都不是什么见不得人的话，也不是悄悄话。若是这家机构的领导层轩昂就座，我看绝大多数人都会该说多少就说多少，没什么可藏着掖着的。但楔进来了一扇单面镜，事情就有了微妙的变化。好像夜半有一只猫头鹰，悄然地打量着你，那感受就令人不舒服。也许，暗中的窥探引发的不安全感，来自远古的忧患，和这面高科技的镜子，本身并无太大的关联。

还是回到美国的心理辅导室吧。我们凑到单面镜前，看到在室内坐着若干人，围成一圈，正在说着什么。临床心理医生介绍道，这是一个专为忧郁症病人开设的小组，他们每周活动一次，已经有几个月了。我一边观察，一边低声问道，哪一位是组长呢？临床心理学家笑起来说，您不必那么小心。这里的隔音设备是一流的，我们可以非常清晰地听到他们的对话，但我们无论怎样喧哗，他们是听不到的。至于谁是组长，我先不告诉您。不妨请您猜猜看。

我看到一个中年男子，神采奕奕，腰背挺得笔直，就指点着说，他大约是组长吧。

临床心理医生笑起来说，错了。他不是组长，他是组员。我要把你猜错的结果告诉我的同伴，也就是真正的组长。这说明他的小组的治疗是很有成效的。是的，这个人已经从忧郁的状态中走出来了，不但你看着他不像个病人，我看也不像呢。

我说，那么谁是真正的组长呢？

临床心理医生指着一个人说，他就是。

从单面镜后面看过去，只见那个人眉头紧锁，面容忧戚，肩膀下垂着，嘴角抿得紧紧。

我说，这个组长的神情倒是很像个抑郁症患者呢。

临床心理医生说，他一投入工作，就是这副神情。我们也常常说他，在你的小组里，你是最像抑郁症的一个人了。这也许正是由于他的敬业。

临分手的时候，我问，辅导室有单面镜这件事，你们告知来访者吗？

临床心理医生回答，我们告知他们。我们说，这个设备对你们的治疗是有利的。他们刚开始有些顾忌，但随着治疗的深入，很快就忘记了。

我的一颗心这才放下来。

我在美国所见到的心理辅导室，房间都不很大，甚至可以说是相当狭小的。这当然不是出于金钱的计算，而是专业的考虑。屋内陈设简单，一般只有两只低背的沙发，彼此呈45°角摆放着，中间没有茶几阻隔。有几个柔软的棉布垫子散乱地放在一边，有家的温暖的味道，但并不过分地温馨豪华。有一个朴素的花瓶，有一朵并不喧宾夺主的花。不是很鲜艳，但绝对是生机勃勃的。墙壁的颜色很柔和，但没有很多的装饰品。灯光是属于明亮中偏暗的那种，清静而不炫目。门窗的密闭性能很好。总之，所有的陈设都有一个基本的出发点，那就是简洁、宁静、亲切而富有人性，适宜进行推心置腹的谈话。

后来我还到过一家有着多位心理医生的诊所。在每间辅导室的地面，都有一个类似蚊香盒的东西。一般摆在门后，塑料的外壳，看得出是个电器玩意儿。我说，这是什么？

主人说，这是消音器。

我有点尴尬。说实在话，也许是我的孤陋寡闻，我真的不知道消音器是干什么用的。当然了，可以顾名思义，就是一个消除声音的仪器呗。但我还是弄不清楚，这个仪器是能像厕所里的吸臭剂，把声音吸收进去，还是一个类似无声手枪上配置的附件？我不能糊里糊涂地让这件事过去。于是，硬着头皮问下去。您能详细地向我介绍一下消音器的工作原理吗？

主人很惊讶地说，工作原理？它没有什么工作原理。很简单的。

说着，主人就把消音器打开了。原来，它是一架录好了某种特定声音的小仪器。打开来，拨到不同的频道，它就可以发出特定的声音。比如，类乎鸟鸣，类乎溪水，类乎风声……音量不大，音色柔和，尽职尽责并持之以恒。

见了实物操作，听了介绍，我恍然大悟。原来，为了让来访者最大限度地得到安全感，谈话开始之前，心理医生会征询来访者的意见，是否需要打开消音器。如果需要，消音器的声音就会在整个谈话期间，弥漫在小小的辅导室内。这样，会让来访者更安心，觉得即使有什么人有意无意地在门外偶然走过，听到的也是经过干扰的声音，谈话的内容就更加私密了。

我还看到辅导室外的门框上，有一组五颜六色的指针。有点像国内生产的晾晒毛巾的架子，聚拢起来是一把，散开来就像伞骨。

我说，这是干什么用的？

主人明显地兴奋起来，说，这可是我的专利。你知道，我们这里有若干位心理医生，但是并没有那么多相应的心理辅导室。就是说，每个人的工作场所是不固定的。我们这里工作繁忙，经常有来访者预约或是突发情况，都需要精确地知道某位医生此时此地在做什么。但心理辅导中有一条规则是很严格的，那就是医生在和来访者交谈的时候，不可被打扰。为了病人的利益，这是非常必要的。一边是不可打扰，一边是需要知道医生的状态。是个大矛盾。怎么解决呢？我就发明了这组指示针。我请每个医生为自己挑选一根针，比如我自己，就选了一根粉红色的针，很醒目，是不是？有的人选了绿的，有的人选了蓝的，随你的便，都登记在册，大家彼此都记得别人的颜色。你注意到了这根黑色的针吗？这就代表着来访者。黑色是庄重和严肃的颜色，代表着神圣不可侵犯。如果是我在此和来访者交谈，我就会把粉红色的指针和黑色的指针一同竖起来。那么，除非是有十万火急的情况，否则谁也不可推开这扇门，谁也不可打扰我们。如果只是我借用这间房间阅读或是工作，那么，我就把粉红色指针单独竖起来，情况就要简单一些。你可以斟酌，是不是敲开这扇门。对我们来说，黑色，也就是来访者的利益，是最最重要的。

这些话，让我感动了许久。

以上说的，是些琐碎事情，写在这里，因为细节是最有魅力的。叶子的繁茂与否，是决定着一棵大树盎然生长或是訇然倒地的要素之一。

永远不做咨客

她是一家健康心理咨询台年轻的咨询员。第一眼相见，好失望。矮矮个，短短发，细细身，眯眯眼，哪里像人们传说中善解百结心链的心理咨询高手？

不过她一开口，我便知自己错了。嗓音柔柔，有一种沉静的甜美。这倒在我的意料中，若是音色苦辣蛮横，当初就不会收她来做声讯心理咨询这一行。她把气息始终封锁在喉头以上，所有的词语都只在唇齿间打转儿，绝不渗透到肺腑以内。只有长期以低声口语为职业的人，才有这种训练有素而又不动声色的发声方法。

你是怎么想起搞这一行的？我问。

不是我想起这一行，是别人挑中了我。女孩是个严谨的人，纠正我说。

那时我正在读大四，一天，报上登了声讯心理咨询台的招聘广告，同宿舍的一个女孩子去应聘，录取上了她。晚上，她躺在床上，一板一眼地跟我们说她从电话里体验到的人生。当然严格讲起来，把人家咨询的心理问题，当作谈资，是不礼貌也是纪律所不允许的。不过反正也不点名道姓，桩桩都是无头案子，倒也无法对号入座。这些事，对还在大学里死读书的我们来说，新鲜诱人。大家开玩笑说，哪天也带我们去开开眼啊。

过了几天，她对我说，咨询台长看了大家的合影照片，指着我只有绿豆大小的头像说，别人全不成，唯这女孩可一试。我自知是个中等偏下的普通人，不知有什么特别的地方让台长看上了。冲着这点好奇心，我来到了咨询台。

这是一家民营企业。声讯服务属于放开经营范围，像开个店铺一样，只要你的申请批准了，办理了有关手续，租了电话中继线，就可以开展服务了。

我问为什么偏偏挑中了我，台长说，因为你特别瘦小。我说，这算什么理由啊，又不是挑某个级别的举重运动员，身材体形有什么关系！

台长说，从你的面容看，你很善良，但你力气特别小，这就是一个矛盾。你很乐意助人，在现实生活中，你没钱没权，恐怕很难对谁能有所帮助，只能成为经常接受别人帮助的人。你的爱心无处宣泄，电话心理咨询恰好为你提供了适宜的机会。你躲在电话线的这边，来咨询的人看不到你，只能听到你的声音，你就用你的声音和你的知识帮助别人吧。

我被台长的论点所击中，说不出反驳的话。短暂训练后，我上岗了。两人一班，守在电话机旁，来了电话就接听，尽可能详尽正确地回答咨客的问题。

我很喜欢咨客这个词——“前来咨询的客人”，有点不速之客的味道。接听的第一个电话是个年轻男子，恰是半夜。他的问题是——请问性交有多少种姿势？

天啊！我傻了。虽说是心理系即将毕业的学生，自信应付一般的心理问题尚有招架之功，但这样的开场白，还是叫我胆战心惊。求救地看了一眼和我对班的老咨询员，很想让她代我回答这个棘手的问题，可她正对着另外的话筒娓娓道来，看来一时半会儿抽不出援手。

只有自力更生了。我定了一下神，判断对方是否恶意骚扰。那声音木讷颤抖，听得出是鼓足了很大的勇气，再者想到毕竟不是面对面地问询解答，我脸红了反正他也看不见。对方在拨通电话之前，并不知我乃一涉世未深的年轻女子，一定认为是资深的健康问题专家呢。在极短暂的时间里，我完成了情绪调整，竭力装作人情练达地反问，你为什么想知道这个问题？

按说咨询的原则是尽量启发咨客把问题谈深入，非万不得已，不要打断对方。但我必须用问话赢得从容思考的间隙。

男子说，我刚结婚，妻子身高只有1米50，体重很轻，我呢，身高1米80，体重200斤还有富余。我们的性生活很愉快，可是我想，是不是由于我们体形上的差异，使得许多性交姿势无法尝试，影响快乐？这个问题让我们很苦恼，又不知向谁请教合适。鼓起勇气给你们打这个电话，想确切了解，此事世上到底有多少种姿势？我们尝试过的已占了多少比例？还有多少种类我们没有涉及？有无办法补救？……

我瞠目结舌。自己未婚，又未曾偷吃过禁果，鬼才知道那门学问有多少种姿势。真想对他说，回家问问你老爸吧，他也许能给你说个明白。这话当然不能出口，只有沉默，思谋对策。时间分分秒秒流逝，从电话线里越来越急促的呼吸声，我觉察到他的紧张和不信任与时俱增。我对自己说，此刻你不是你自己，是在代表咨询台工作，挂掉这个电话，就是对工作的逃避。对方显然是一个善意人，不应该让他失望……在青年男子就要沮丧地挂断电话的一瞬间，我涌出了很哲学并形而上的回答。

我说，性是一件很美好很私密的事情，完全取决于两个人的感受。按照我们中国人的传统美学，和谐就是最高境界。无论身材体重何种规格的人，都不可能穷尽世界上所有的性交姿势。只要双方感觉到爱的甜蜜，就要好好珍惜这份幸福。

我不知道这个问题的标准答案是什么，当我说完上面这些话以后，听筒里好一段时间无声无息。我猜对方可能大不满意，因为我几乎没有具体回答他的问题，比如他想要的数字和百分比什么的，一概无答案。没想到，片刻之后，年轻男子很激动地说，谢谢你，咨询员。你知道你给了我和我的妻子一个多么大的鼓舞吗？我们总是因为这一点而忧心忡忡，你让我们坚信自己是世界上最幸福的人啦！

我有些好笑，人是多么脆弱又是多么容易满足的生灵啊。正当我准备放下电话的时候，他又问，我可以知道你的名字吗？

按照咨询台的规矩，咨询员都有一个工作名，我们俗称“艺名”，为了保持工作的连续性，当咨客询问时，可以告知艺名。我说，我叫初捷。

他说，出洁？是出自污泥而不染，洁身自好的意思吗？

我说，没有那么复杂。不过是祝福自己初次作战，首战告捷的意思。

他很敏感，说，你是一个新咨询员吗？

我一看，要露马脚，赶紧弥补说，咨询业在中国是新兴的事业，每个人都是从头开始。我之所以叫这个名字，就是提醒自己把每一个咨询电话都当作是一个新的起点，绝不可倚老卖老。

他马上说，小姐，可以知道你的年龄吗？

我说，我四十二岁啦。（我把自己的年龄翻了一番。）

他好像略略有点失望，但很快恢复了正常，说初捷女士，以后我和妻子有了什么新问题，还会咨询您的。

我说，欢迎啊。放下电话，这才发现，耳机把耳朵壳都压扁了……初捷说到这里，揉揉耳垂。我看见她的右耳朵果真比左耳朵要平顺得多，趴在短短的头发下面，好像一只小贝壳。

我听得入神，看初捷不再讲话，就说，还有什么有趣的电话，在不影响保密的原则下，讲给我听听好吗？

初捷说，很抱歉，当了好几年咨询员，过耳的电话成千上万，反倒麻痹了，迟钝了，讲不出来了。这就像是一个画家，画了无数的素描，现在你让他把某座山峰讲清楚，他定束手无策。

初捷说话的时候，没有一丝皱纹的脸上，浮出非常苍凉的神色，和她的年龄很不符。岁月的脸谱敷在她的眉宇，遮盖了她纯真的本色。不忍看我失望，她说，我的经验是，人在快乐的时候不咨询别人，只有困难危急或是举棋不定的时候，才想起咨询。

我说，这规律好不好呢？

初捷很老成地说，不能简单地说好或是不好，只能说咨询就是由他人帮助自己做出选择。当优势很明显的时候，一般人很容易就会趋利避害，几乎是本能，用不着征询别人的意见。但当利害关系不很清晰或是在抉择中一筹莫展的时候，大多数人想听听别人的意见，特别是和自己没有利害关系的人的意见，咨询业应运而生。

我说，你干了这么多年咨询，最深刻的感触是什么呢？

初捷说，我最深刻的感触就是——人生的苦难真是太多了，各式各样，层出不穷，稀奇古怪，匪夷所思。丧父丧母的，妻离子散的，同室相煎的，恩将仇报的，投石下井的，坑蒙拐骗的，第三者的，同性恋的，走火入魔的，断子绝孙的……咨询台简直就是苦难与焦虑的荟萃集散地，就像医院是疾病和死亡的大本营……

我很关切地打断初捷的话说，那你长久地在咨询台工作，会不会把自己的情绪染得糟透了？

初捷笑了，说，那倒不会。就像一个医生给病人看病，经历了许多死亡以后，他会更珍惜生命。每当我从咨询台的小屋走出时，我就更感到生活的美好。

我说，你的工作一定干得很出色。

初捷很沉着地回答，有些人是这样认为，但并不是所有的人都这么看。

我吃惊，有点要为初捷打抱不平的意思。我说，怎么会呢？据我所知，你从理论到实践，都很优秀啊。

初捷说，可能主要是流派的问题，学术观点不同嘛。

又激起我强烈的好奇心。问，你是何流派？

初捷笑了。她的笑容彻底地出卖了她，无论嗓音做派怎样老辣，依旧是小女孩那种纯真而略带羞涩的表情。看来识别一个咨询员的真实内心世界，不能光听他讲话。他们太善于言谈，精于分析了，一般的人只有甘拜下风。但他们的脸是无法伪装的，也许是因为面对听筒，咨客反正看不见容颜，他们就为自己保存了一份真实。

我是学院派的。这种分类也许不太科学，中国的心理咨询台正在起步，百家争鸣吧。我看了很多书，又请教了不少老师，比较看重理论。我喜欢用一些新的学术观点指导咨询，而不是简单地聊大天。单纯地让咨客释放压力，是比较原始的咨询方式。当然也不是科学术语满天飞，让人不得要领。我很注意深入浅出，适当地镶嵌一些科学化的东西，这不但是咨询的需要，而且会让咨客对你有一种敬重感。当然啦，彼此连名字都不是真的，我并不是出于虚荣才要这份尊重，只是觉得对工作比较有利。一个人只有尊重另一个人，才会更注重他的意见，你说是不是？另一种流派，我简称它为“街道派”，这一流派的传人，大都是些上了年纪的医生护士或是从前的指导员什么的，还有某些个人在家中开的心理热线，大体上也属于这个范畴。特点是比较擅长聊天，海阔天空无所不包，有点像街道妇女老太太，虽然科学性比较差，但效果也不错。要知道，阅历也是心理咨询业的巨大矿藏，很多心理咨询的经验，就是直接从人生经验总结来的。

而且从经济效益来说，街道派的优越性比学院派多多啦！初捷有些神秘地小声说。

我说，不懂啦。详细解释一下。

初捷莞尔一笑道，除了由志愿者服务的咨询热线是免费的以外，大多数声讯服务都是有偿的，而且收费很高，要是你握着话筒咨询一个小时，没有百十元人民币打不住，比你请教一位真正的教授贵得多。有一回，一位老奶奶问一件鸡毛蒜皮的小事，我已经回答清楚了，她还说个不停，我提醒她，您知道这种电话很贵吗？听完我说的价钱，老人家“哇”的一声，像扔冻蛇一样把话筒丢了。实事求是地说，我这样的咨询员不多，因为咨询员的收益是与用户的通话时间挂钩的。也就是说，他和用户说的话越费工夫，他挣的钱越成正比例上升。

我说，初捷，当咨询员的生涯，使你一生中经历了别人几生几世的事。你虽然经验丰富，但万一以后遇到不开心的事，会不会自己拨打一回咨询电话？

初捷很肯定地说，我一生不会拨打咨询电话。

我开玩笑说，是不是怕你的同事听出你的声音啊？

初捷笑笑说，咨询台多如牛毛，如果要问，我自会找到别的途径，但我不会做咨客。永远不会。

我说，这么决绝啊，为什么干一行不爱一行？

初捷正色道，这和爱不爱没关系。咨询台是什么呢？一种心理按摩罢了。如果我在风雨中受到袭击，我会自己在暗处晾干衣服，包好伤口，梳平头发，重新容光焕发地出现在众人面前。我不喜欢面对陌生人倾诉，那只不过是情绪的清凉油，意志的伤湿止痛膏，解决不了根本问题。如果我和自己亲密的朋友，都无法解决问题，一个局外人能有什么高见呢？沉浸于向陌生人絮絮私语的人，神经多半不够坚强，太敏感细弱了。

分手的时候，我对初捷说，轮到你值班的时候，我也许会给你打一个咨询电话，问一个有关婚姻恋爱的问题，且看你如何作答。

初捷快活地笑着说，随您的便。别看我还没结婚，几乎所有的婚恋问题，我都研究过。我对爱情苦恼中的人们，有一句最经典的回答，那就是……如果你无法判断自己的选择是否正确，就把眼光放长久，设想几十年后白发苍苍时，更愿意与谁携手，共度晚年？

我除了点头，再想不出其他的话称赞她。

心理学教授的弟子

一位心理学教授，在录取报考她的研究生时，勾掉了得分最高的学生，取了分数略低的第二名。有人问，你是不是徇私舞弊或是屈服于什么压力，才舍高就低?

她说，否。我在进行一项心理追踪研究，或者说是吸取教训。

她是位德高望重的学者，在专业范畴内颇有建树，别人一定要她讲讲录取标准。她缓缓地说，我已经招了多年的研究生，好像一个古老的匠人。我希望我所热爱的学科，在我的学生手里发扬光大。老一辈毕竟要逝去，他们是渐渐黯淡下去的苍蓝。新的一辈一定要兴旺，他们是渐渐苏醒过来的嫩青。但选择什么样的接班人呢？我以前总是挑选那些得分最高、看起来兢兢业业、学习刻苦、埋头苦干，像鸡啄米一样片刻不闲的学生，我想唯有热爱，他们才会如此努力取得优异的成绩，因此，他们应该是最好的。我在私下里称他们为“苦大仇深型”的学生。

许多年过去了，我有从容的时间，以目为尺，注视他们的脚步，考察他们的历史，以检验当年决定的命中率。

我发现自己错了。在未来的发展中最生龙活虎、最富有潜质并且宠辱不惊成为真正的学科才俊的是那样一种人——他们表面上像狮子一样悠闲，甚至有点漫不经心和懒散。小的成绩并不能鼓励他们，反而让他们藐视般地淡漠。对于导师的指导和批评，往往是矜持而有保留地接受，使得他们看起来不很虚心。多少有些落落寡合，经常得不到众口一词的称赞。失败的时候难得气馁灰心，几乎不需要鼓励。辉煌的时候也显不出异样的高兴，仿佛对成就有天然的免疫力。他们的面部表情总是充满孩子般的好奇，洋溢着一种快乐，我称之为“欢喜型”。

“苦大仇深型”的学习者，主要是为了改善自己的生存状态，追求科学知识给自身带来的优裕与好处。一旦达到目的，对于科学本身的挚爱就渐渐蒸发，代之以新的更敏捷的优化生存状态的努力了。作为一种生活方式的选择，自然无可厚非，但作为学业继承者，则不是最好的人选。

“欢喜型”的学习者，也许一开始他们走得不快，脚力也并不显出格外的矫健，但心中的爱好，犹如不断喷发的天然气，始终燃烧着熊熊的火焰，风暴无法将它吹熄。在火光的引导下，“欢喜型”的人们边玩边走，兴趣盎然地不断攀登，绝不会因路边暂时的风景而停下脚步，直到高远的天际。

心理学教授说，几乎世上所有的事，都可以划分成“苦大仇深型”和“欢喜型”。比如读书，若是为了一个急切的目的而读，待时过境迁，就会与书形同路人。如果真是爱好喜欢，就会永远将书安放枕边，梦中与书相会。

冰雪篱笆

一位男医生对我说，我有一个男病人，说他的妻子是世界上最冰冷的女人，我想请你同她（妻子）谈谈，不知你能否答应？我一时没反应过来，开玩笑道，世上最冰冷的女人，大概要数《泰坦尼克号》中的罗斯小姐，那种冰海中的长时间浸泡，冻彻肺腑，真乃人间酷刑。

男医生说，喔，不是那种体温上的冰冷，是性的冷淡。经过多方面的探讨，我是束手无策了。转介给你，女性之间的对话，可能较为方便。

我严肃起来道，你先说说她丈夫是怎样求诊的。

医生道，那丈夫说，他和妻子是大学的同学，真是男才女才，男貌女貌啊……

我忙说，停停。请解释。什么意思？绕口令似的。

医生道，是啊，当时我也听得一头雾水，要他说得清楚一点。那丈夫道，这是同学们的评价，意思说我们两个，就是我和我妻子，都很有才华，相貌也同属上乘。古戏中说的是男才女貌，对我们来说，每个人都有才，每个人也都有貌。若我们两个结合起来，双才双貌，色艺俱佳，那就好事占绝，无往不胜。

我忍不住问道，喔，天下有这样的佳偶，真是难得。依你的眼光看，这做丈夫的说的可确实？

医生笑笑，我知你开始介入情况了，想了解一下这对夫妇对现实状态的感觉，是否在常规之内。是的，常常有这种人，自我感觉太好，对自己的评价和对他人的评价，走进了误区。把自己神化，把他人妖魔化。如果来人是这种情况，倒比较简单。我仔细观察了这个男子，天庭饱满，地阁方圆，谈吐有方，很有学养，合乎法度。只是神色忧郁。看来，他对现实的把握是正常的。

我说，那么，他的妻子，你见了吗？

男医生说，见了。正因为见了，才更觉糊涂，他的妻子仪容俏丽，是一个优雅智慧的知识女性，能很开放地同我谈论他们夫妻间的性生活不和谐问题，并说双方到医院做了各项检查，所有的指标都显示正常。

所以，我是没办法了，看你可有什么妙计以安天下。因为我不但从医生的角度，更从一个男人的角度出发，同情理解那个丈夫的苦恼，希望你能和他的妻子开诚布公地谈谈，看是什么症结在阻挠着这位生理上完全正常的女性，无法全身心地爱她的丈夫。

我说，试试吧，我也没有很大的把握。

和那位妻子见面的第一瞬间，我就承认男医生的判断完全正确。这是一位外表看起来无懈可击的正常女性，白领装束，风度翩然。

我说，从哪里开始谈呢？

她说，就从基因开始吧。（为了称呼的方便，我就叫她茵。）

我说，为什么从这里开始呢？好像一个生物实验室似的。

茵笑了，说，基因几乎就是我和丈夫结合的红娘啊。

我讶然，问道，这是怎么回事？

她说，您知道，大学是个谈恋爱的好地方。几乎所有杰出或是不怎么杰出的男生女生，都希望在大学的校园里，找到自己的另一半。人们不但自己辛辛苦苦地找着，还用自己的眼光，为别人操劳着。在这方面，人可以说是充满了搭配结合的欲望，甚至有一种游戏测验的味道。男宿舍和女宿舍经常议论班上谁和谁合适，是半夜三更时分永久的话题。

我和我的丈夫，就是在这种氛围内走到一起的。所有的人都说——我们是多么般配的一对啊。

是的，不是我自夸，我的容貌和智商，都在女人当中属于上乘。我说这一点，没有炫耀的意思，只是实事求是。

茵说到这里，看着我。我知道需要给她一个回馈，我用力地点点头。不但是出于礼貌，更是出于赞同。

茵接着说下去。

我的先生，也很棒。有句俗话，众口铄金，意思是群众舆论的力量非常大。我相信这句话，人们都说你们合适，熟悉你的人这样说，刚刚认识不久的人也这样说。你的家人这样说，你的仇人也这样说，你就觉得这件事有点神秘，有点宿命，甚至有点在劫难逃。说的人多了，你就有一种顺从感，并在其中感觉安全，以为这是一桩保险的婚姻。

后来，我们果真结婚了。刚开始的时候，我们夫妻生活很幸福，那种滋润有流光溢彩的美容效果，是能够反映到皮肤上的。认识我的人都说，你越来越俏皮了，什么时候添宝宝啊？你们的孩子，一定结合了双方的优点，又聪明又漂亮……

说到这里，茵的目光突然暗淡了。她停顿了片刻，懒懒地说下去。

生了宝宝之后，有一段我忙着照料孩子，丈夫也很体谅我，夫妻生活那方面很少要求。后来，请了保姆，孩子有人照料，另居一室。当我们有机会开心地鸳梦重温时，我才突然发现，我所有的兴趣都丧失殆尽，整个人如同枯木死灰。这不是心理上的原因，我爱我的丈夫，我希望他快乐幸福，但是，我身体不听我的指挥，它抗拒厌恶这种活动，像石块一样毫无反应。当时我想，可能是生育的变化，强烈地改变了我的机能，随着时间的推移，就会慢慢恢复。我把这个感受同我丈夫讲了，他通情达理，很理解我，愿意等待我复原。我们就这样等着，试着……但是，至今已经整整七年了，女儿已经从襁褓走进了小学校，但我和丈夫的夫妻生活没有丝毫好转。我已尽了所有的力量，可是身体不是电脑，它不听你的命令，顽强地抵抗着。我身不由己，非常痛苦……

茵讲到这里，停下来，眼巴巴地看着我，希望我能批出一条秘诀。

我看着她，心想：看来，他们夫妻感情上很恩爱，生理上也经过反复测查，排除了器质性疾患，症结究竟在哪里呢？

突然，一个有关时间的概念强烈地提示了我——“生了宝宝之后”。

我说，生了宝宝之后，发生了什么事情呢？

我在心中飞快地假设了多种可能性，没想到茵回答我说，没发生任何事情。当然，有了宝宝，时间比以前紧张，身体操劳了，但是，这都不是决定的因素。你可以看出来，我的身体很好。

是的。我看得出来，她营养状态不错，既不臃肿也不细弱，正是少妇生机勃勃的年华。

我的直觉让我坚持“时间”这个变量。总觉得在这个时段，发生了什么。她的否认，让我感到按照通常的逻辑，似乎不能解释。我细细地回忆着她说过的每一个字，猛然，我想到了对话时，她那个少见的开头——基因。

我说，你相信基因吗？

她苦笑了一下说，又信又不信。

我追问，此话怎讲？

她说，信，是因为那是科学，中国外国的报纸都在讲。龙生龙凤生凤，你不信行吗？要说不信，嗨……我和丈夫的基因都不错……算了算了，不谈了。她万分沮丧地低下了头。

我感到自己正在接近那个谜团的核心。虽然追问下去看起来是一种残忍，但也许正是要害所在。我说，我看你一下子变得垂头丧气的，能否告诉我，这和基因有什么关联吗？

她痛苦地低下了头。由于她的头低得很深，我无法知道她的面部表情。当她再次抬起头，我才看到满脸滂沱泪水。

我说，看到你非常难过，我也很不好受。能告诉我，你想到了什么？

她吃力地说，不是想到，是看到……第一次看到的时候，我几乎昏了过去。

说着，她从自己精巧的手提包夹层里，掏出一张照片，递给我。

我看到一个女孩，扁扁头，肿眼泡，塌鼻子，瘪嘴巴，稀疏的头发……天啊，几乎所有女孩子长相上的忌讳，这小姑娘都犯全了。

这是……我迟疑着没敢把话说完整。

是的，这是我的女儿。这就是基因的故事。我和我丈夫的基因都那么卓越，可是组合在一起，怎么就成了这个样子？我恨这种男女结合，它是一种魔鬼的戏法。它能把优秀化成腐朽，它要弄人，它把一种灾难，一种命运的不可知性强加给我，它让我一看到这个孩子，就对性的活动产生了强烈的憎恶感。它是蛇蝎出没的烂泥潭，给你片刻的欢愉，然后是无尽的恐怖和烦恼。直到你沉没了，它却若无其事地站在一旁冷笑。它把瞬间的事情，化成严酷的绵延的后果。把无尽的灾难留给那对无辜的男女，留给那对男女的天真孩子……所以，我要反抗它。我要禁绝它对我的再一次迫害。我用冰雪修建篱笆，严丝合缝，它再也休想钻入。我以所有的力量抵御它的诱惑，我不能承受当我第一次看到这个孩子的丑陋容貌时，所遭受的惨痛的挫败，那一刻，我是世上最绝望的母亲……

我忙插入说，不好意思打断一下，你对女儿怎样？

在这一刻，我真的非常关切那位让母亲大失所望的女儿。

还好。因为我知道这不是她的过错。我不该恨她。要说恨，该恨的是我，是她的父亲，是我和丈夫的这种结合，是制造生命的过程。茵说完紧紧咬着嘴唇。

谈到这里，真相大白了。这位母亲，因为无法接受女儿的容貌，追本溯源，她认为是性的活动导致了男女双方基因的重组，她就在潜意识里抵制夫妻间的性生活。用自己的推理，堆积成一座冰山，把自己冷冻成了“罗斯”。

我说，生命的诞生的确是一个非常复杂的过程。显性遗传隐性遗传，还有许许多多人类无法破解的题目。基因是无罪的，夫妻间的性生活是无罪的，你的女儿也是无罪的。况且，一个人的先天相貌和他后天的发展，也没有完全必然的关系。你的冷漠，归根结底，来源于一种不合理的期望的破灭。你希望有一个姿容曼妙的孩子，这可以理解，却不能把它当成百分百的真实。一旦达不到理想，你就把愤怒投射到了夫妻生活。

茵看着我，若有所思的样子。久久，喃喃地说，喔喔，原来，是这样啊。其实，有了现代的避孕工具，悲剧就不会重演。再说，基因的组合，也是人类无法控制的概率……

我欣喜地看着她，知道冰雪已渐渐消融。

蓝宝石刀

一次朋友聚会，来了几位新面孔。席间，有男士谈起自己新交的女友，说是一位美女。于是，不但在座的男子几乎全体露出艳羡之色，就是各个年龄段的女人，也普遍显出充分的向往与好奇。

大家纷说，原以为美女都已随着古典情怀的消逝，被现代文明毒死，不想这厢还似尼斯湖水怪般藏着一个。众人正感叹着美女的重新出山，突然从客厅的角落里发出了一个声音：美女是有公众标准的。不是你说她是，她就是的。恋爱的人，眼里出西施。

大家诧然复茫然，想想也有理。先别忙着赞叹，到底是不是个真美女，还有待考察商榷呢！

说这煞风景话的男子，看去细而柔的身材，平淡的五官，但并不虚弱，四肢甚至可以说是有力的。

于是，有人对那位与美女交往的男子说，带着照片吗？拿出来让大伙看看嘛！一来让我们养养眼，二来也让蓝刀鉴定一下，到底算不算真美女！

我悄声问身旁的朋友，蓝刀是谁？

他指指细而不弱的小伙子说，他就是。

我说，蓝刀——好古怪的名字！江湖上的？武林高手？

朋友说，他是整形外科医学博士。因为他常用蓝宝石手术刀，所以，圈内人称他蓝刀。

美女之友架不住众人的鼓动，从西服内袋掏出一张照片。姿势娴熟，想来是常常观摩的。

彩照，长跑火炬似的在众人手间传递。几位上了年纪的，还掏出了老花镜。

好不容易轮到我。姑娘确实美丽，身材相貌都属上乘，起码不逊于时下影视界的靓丽偶像。

照片最后传到蓝刀手里。不知道是巧合还是大伙等着他一锤定音，喧哗的客厅，悄无声息了。

蓝刀只看了一眼。真的，只一眼。我觉得即使从敬业的角度来说，他也该多看几眼的。后来蓝刀解释，一是将别人女友盯住不放，有失礼仪。二是对于老农来说，庄稼长势如何，一瞄足够。

蓝刀说，总体上，还不错。这是一位17世纪的美人形象。

大家驳道，美人又不是瓷器，还有时代限制？

蓝刀正言，时间感很重要。比如盛唐以肥为美，杨贵妃就是个双下巴。连那时的菩萨塑像，也个个超重。而17世纪的标准美人是：眼要重睑，也就是咱们平常说的双眼皮。鼻子要从侧面看是微微上翘的，万万不能是鹰钩。嘴唇不可太大，更不可太小。上嘴唇较下嘴唇稍薄，反过来说是败笔。左面的颊上有一颗酒窝，要是不幸长在右面就要减分。颈部可以有皱褶，但形状一定要好，如同一圈天然的项链……

大家听到这里就大笑说，真够苛刻，难为女人了。有起哄道，蓝刀，不要光说好的，来点具有专业水准的。

那潜台词是期待蓝刀指出这女子的容貌缺陷。

蓝刀以目光征询美女男友意见。小伙子好像也很想长点知识，做出愿意洗耳恭听的模样。

蓝刀说，既然说到专业，我就再发表点意见，学术研究，没有别的意思。若是冒犯了，请多原谅。从照片来看，这位女子的相貌还有可圈可点之处。一是从发际到下颏之间的距离，应为本人的三个耳朵的长度。以这个比例要求，似稍嫌长了一点。鼻尖、嘴唇中点和下颏点，应为一直线，此为美人非常重要的一个指标。但这位女子鼻尖稍向右偏了一点，于是，面部就有了少许不平衡之感。女子好细腰，但并不是越细越好，从美学的角度来看，腰围以头围的1.618倍最好……

大家哄笑起来，说，蓝刀，闭嘴吧。照你这样算下去，人间真的没有美女了。

蓝刀也就不再就该女子发表意见。但由此引出的话题新鲜有趣，整个晚上，蓝刀成了主角。

一位桥梁工程师说，对不起，不是针对你个人。我倒是很有点看不起整容医生。

蓝刀很沉着地问，为什么呢？

工程师说，虽然你们是医生，却没有急诊。我不是医生，可我知道，几乎所有的科，都有急诊。比如外科，那就不必说了。妇产科，小儿科……就连牙科吧，也有。比如你的腮帮子被人打漏了，你就得上口腔医院马上缝。可有谁急诊整形呢？它是富贵事，可有可无的。

蓝刀说，你说得对，整形外科没有急诊。但是，一个烧伤的病人，你不为他整容，他就无法回到正常的人群当中。你倒是用急诊把他的生命挽救回来，但他却自惭形秽，自暴自弃，再也无法挺胸做人。还有，若是他不整容走到街上，月黑风高，谁要是在胡同拐角处突然看到一个满脸焦疤的人，以为遇到了妖怪，惊恐万状，虚脱休克，人道吗？

听蓝刀这么一讲，大家就觉得整容也是社会发展到高级阶段的产物，医学百花中的一朵。

有人问：什么人适宜整容？

蓝刀清清嗓子说，我先不回答这个问题。我想说的是——什么人不适宜整容？

大家说，原来不是掏钱就能做，你们规矩还挺大。

蓝刀说，有八种人我是不给他做整形手术的。

第一种人，天天身上带着一面小镜子，无论何时何地都随手把小镜子拿出来，顾影自怜或是自惭形秽的人，不做。

大伙忙问，为什么？

蓝刀说，他认为人世间最重要的事就是他的容貌，自信心和尊严都系此一事。这样的人，无论手术做得怎样成功，他都会认为未能达到目的。所以，我不能自找烦恼。

第二种人，进我诊所时，拿着一本或几本时尚导刊，指着封面或是封底的某明星或歌星的大幅照片说，我的要求不高，就是做成他（她）的那个鼻子加上他（她）的那个嘴巴……

大家笑道，这是不能做。无论如何你无法使他满意。

蓝刀叹气道，我心中常常又好笑又生气，便对来者说，你以为我是谁？上帝吗？可惜，我不是。纵使我能把你修理出那规格的鼻子和嘴巴，你可有那样的才气和奋斗？

第三种人，头不梳脸不洗衣冠不整浑身散发着不洁气息……

不等蓝刀说完，大家打断道，这一条，好似不合情理吧？正是因为某些人的仪表不良，他们才要求整理容貌，你怎么反而拒之门外呢？

蓝刀说，一个人的容貌可以被毁或是天生缺憾。但爱整洁是教养和习惯问题，不仅是对他人的敬重，更是对自己的珍惜。如果一个人没有这份热爱生命的感觉和精心维持，那么，我就是辛辛苦苦地帮他建设了较好的硬件，软件跟不上，还是没良效的。我尊重自己的劳动，我愿把宝贵的精力放到更善待自己的人身上。

大家默然片刻后表示可以接受。接着问，其他呢？

蓝刀说，第四种人，凡来人说，我本人并不想来此做什么整容手术，都是我的家人——丈夫或是男友，要我来做的……这样的人，我也概不接待。

大家说，呵，那么绝对啊？

蓝刀说，是。容貌是自己的内政，无论它怎样丑陋，只要自己接受，别人就无权干涉。如果一个人因为惧怕或是讨好，听命于另外一个人，被迫接受了在自己身上动刀动剪动针动线，那是很不情愿和凄凉的事情。我不愿成为帮凶。

大伙频频点头，表示言之成理。

蓝刀说，第五种人，多次在就诊时间迟到或是无故改变约定的人，不做。

大家说，这倒有些奇怪，你又不是兵营。遵纪守时的问题，和医疗何干呢？

蓝刀说，整形手术需反复多次，其中的艰苦和磨难，超乎想象，手术程序一旦开始，又不可中断。你不能把大腿上的皮瓣做好了准备移到脸上，但本人突然不干了……所以，纪律性和承诺感不好的人，我不为他做手术。医生精力有限，我不愿在医疗以外的事情上花费太多的时间。

第六种人，对同一问题，反复询问。我这次答复了，下次又问的人。我不做。

大家笑道，蓝刀，脾气够大啊。是不是求你做手术的人太多了。店大欺客啊？问来问去，可能是那人记性不好，干吗不依不饶？

蓝刀说，一个人对自己高度关注的事，况且我反复讲过多遍，还记不住，这是记忆问题吗？不是。是信任问题。他不信任我，所以，不厌其烦地追问，好像审讯。我虽可理解这种心情，但我不能给一个不信任我的人动手术。无论是对我还是对他，都不愉快。

大家愣了一下，没人再作声，表示尊重一名资深医生对病人的挑剔。

第七种人，态度特好或是态度特不好的病患，对医生满口奉承和送礼的病患，表现得特别合作或是特别不合作的病患，概不做。蓝刀一字一顿很慢地说。

大家道，这一条，能顶好几条。情况却大不一样。态度不好的不做，明白。但态度特好的也不做，费解。

蓝刀说，他为什么特别殷勤？后面肯定有这样一个假设——如果他不送礼，我就不会尽心尽意地为他手术。他能奉承我，就能诋毁我，不过是正反面罢了。手术是一件充满概率的事情，即使我惨淡经营殚精竭虑，也不可能百战百胜。为了那个无所不在的概率，我要保留弹性。我需要有医生的安全感和世人对“万一”的理解，得给自己留一条后路。

客厅的空气一下子变得有点沉重。

该第八种人了。也就是最后一条了。沉默半晌，大家提醒蓝刀。

蓝刀说，这一条，简单。凡是手术前不接受照相的人，不做。

有人打趣道，整形大夫是不是和某影楼联营了，可以提成？要不，为什么有这样古怪的要求？

蓝刀道，一个人破了相，不愿摄下自己不美的容颜，可以理解。但是，为了对比手术的效果，为了医学档案的需要，留有确切的原始记录，总结经验教训，都要保留病患术前的相貌。当然，会做好保密的。但是，有些人说什么也不接受这一合情合理的要求。没办法，既然他连面对真实情形的勇气都没有，怎能设想他和医生鼎力配合呢？所以，只有拒之门外了。

蓝刀说到这里，很有一些痛惜之意。

分手的时候，蓝刀热情地说，欢迎大家到我的诊所做客。大伙回答，蓝刀，我们会去的。不是去整形，是听你说这些有趣的话。

写下你的墓志铭

那一年，我和朋友应邀到某大学演讲。关于题目，校方让我们自选，只要和青年的心理有关即可。朋友说，她想和学生们谈谈性与爱。这当然是一个极为重要的问题，只是公然把“性”这个词放进演讲的大红横幅中，不知校方可会应允？变通之法是将题目定为“和大学生谈情与爱”，如求诙谐幽默，也可索性就叫“和大学生谈情说爱”。思索之后，觉得科学的“性”，应属光明正大范畴，正如我们的老祖宗说过的“食色，性也”，是人的正常需求和青年必然遭遇之事，不必遮遮掩掩。把它压抑起来，逼到晦暗和污秽之中，反倒滋生蛆虫。于是，朋友就把演讲题目定为“和大学生谈性与爱”。这期间我们也有过小小的讨论，是“性”字在前，还是“爱”字在前？商量的结果是“性”字在前。不是哗众取宠，而是觉得这样更符合人的进化本质。

感谢学校给予我们的信任和支持，朋友的演讲题目顺利通过了。但紧接着就是我的题目怎样与之匹配？我打趣说，既然你谈了性与爱，我就成龙配套，谈谈生与死吧。半开玩笑，不想大家听了都说“OK”就这样定了下来。

我就有些傻了眼。不知道当今的年轻人对“死亡”这个遥远的话题是否感兴趣？通常人们想到青年，都是和鲜花绿草黑发红颜联系在一起，与衰败颓弱委顿凄凉的老死似乎毫不相干。把这两极牵扯一处，除了冒险之外，我也对自己的能力深表怀疑。

死是一个哲学命题，有人戏说整个哲学体系，就是建立在死亡的白骨之上。我深知自己不是一个哲学家，思索死亡，主要和个人惧怕死亡有关，在我四五岁时，一次突然看到路上有人抬着棺材在走。我问大人，这个盒子里装着什么？人家答道，装了一个死人。当时我无法理解死亡，只觉得棺材很小，一个人躺在里面，蜷起身子像个蚕蛹，肯定憋得受不了……于是小小的我，产生了对死亡的惊奇和混乱。这种惊奇、混乱使我在相当一段时间内对死亡很感兴趣。我个人有着数十年从医经历，在和平年代，医生是一个和死亡有着最亲密接触的职业。无数次陪伴他人经历死亡，我不能不对这种重大变故无动于衷。还有很重要的一点，就是我十几岁就到了西藏，那里严酷的自然环境和孤寂的旷野冰川，让我像个原始人似的，思索着人从哪里来，要到哪里去这类看似渺茫的问题。

反正由于我脱口而出的一句话，演讲题目就这样定了下来，无法反悔。我只有开始准备资料。

正式演讲的时候，我心中忐忑不安。会场设在大礼堂，2000多座位满满当当，过道和讲台上都有学生席地而坐。题目沉重，我特别设计了一些互动的游戏，让大家都参与其中。

演讲一开始，我做了一个民意测验。我说大家对“死亡”这个题目是不是有兴趣，我心里没底。我不知道有多少人在看到这个题目之前，思索过死亡?

此语一出，全场寂静。然后，一只只臂膀举了起来，那一瞬，我诧异和讶然。我站在台上，可以纵观全局，我看到几乎一半以上的青年人举起了手。我明白了有很多人曾经认真地想过这个问题，比我以前估计的比率要高很多。后来，我还让大家做了一个活动——书写自己的墓志铭。有几分钟的时间，整个会堂安静极了，谁要是那一刻从外面走过，会以为这是一间空室，其实数千莘莘学子正殚精竭虑思考人生。从讲台俯瞰下去（我其实很不喜欢这种高高在上的讲台，给人以压迫之感。我喜欢平等的交谈。不单在态度上，而且在地理位置上，大家也可平视。但校方说没有更合用的场地了），很多人咬着笔杆，满脸沧桑的样子。我很抱歉地想到，这个不祥的题目，让风华正茂的青年人提前——老了。

大约5分钟之后，台下的脸庞如同葵花般地仰了起来。我说:“写完了吗?”

齐声回答:“写完了。”

我说:“好，不知有没有哪位同学，愿意走上台来，面对着老师和同学，念出自己的墓志铭?”

出现了一片海浪中的红树林。我点了几位同学，请他们依次上来。但更多的臂膀还在不屈地高举着，我只好说:“这样吧，愿意上台的同学就自动地在一旁排好队。前边的同学讲完之后，你就上来念。先自我介绍一下，是哪个系哪个年级的，然后朗诵墓志铭。”

那一天，有几十名同学念出了他们的墓志铭，后来，因为想上台的同学太多，校方不得不出动老师进行拦阻。

这次演讲，对我的教育很大。人们常常以为，死亡是老年人才需要考虑的问题，这是误区。人生就是一个向着死亡的存在，在我们赞美生命的美丽青春的活力的时候，我们其实就是肯定了死亡的必然和老迈的合理性。试想一下，如果没有死亡，地球上早就被恐龙霸占着，连猴子都不知在哪里哭泣，更遑论人类的繁衍!

从我们每个人一出生，生命之钟的倒计时就开始了。当我写下这些字迹的时候，我就比刚才写下题目的时刻，距离自己的死亡更近了一点。面对着我们生命有一个大限存在这样一个残酷的事实，无论是年老和年轻，都要直面它的苛求。

现代生活节奏越来越快，我们独处的空间越来越逼仄，思索的时间越来越压缩。但死亡并不因为我们的忙碌而懈怠，它步履坚定地持之以恒地向我们走来。现代医学把死亡用白色的帷帐包裹起来，让我们不得而知它的细节，但死亡顽强前进，它是无所不能的，没有任何力量能够抗拒它。

一个人年轻的时候就思索死亡，和他老了才思索死亡，甚至直到死到临头都不曾思索过死亡，这是完全不同的境界。知道有一个结尾在等待着我们，对生命的宝贵，对光明的求索，对人间温情的珍爱，对丑恶的扬弃和鞭挞，对虚伪的憎恶和鄙夷，都要坚定很多。

那天在礼堂的讲台上，有一段时间，我这个主讲人几乎完全被遗忘了，一个又一个年轻的生命为自己设计的墓志铭，将所有的心震撼。

有一个很腼腆的男孩子说，在他的墓志铭上将刻下——这里长眠着一位中国籍的诺贝尔奖获得者。

台下响起了热烈的掌声。我想，不管他一生是否能够真正得到这个奖章，但他的决心和期望，已经足够赢得这些掌声。

一个清秀的女孩子说，她的墓志铭上将只有一行字：一位幸福的女人。

还有一个男生说："我的墓志铭上会写着——我笑过，我爱过，我活过……"

这些年轻的生命，因为思索死亡而带给了自己和更多人力量。

无数生命的演变，才有了我们的个体。在这一点上，我们不单要感谢我们的父母，而且要感谢我们的祖先，感谢地球，感谢进化所走过的漫漫历程。当我们有了生命之后，我们在性的基础之上，繁衍出了爱。爱情是独属于人类的精神瑰宝，它已从单纯的生殖目的，变成了两性身心融汇的最高境地。然而在这一切之上，横亘着死亡。死亡击打着生命，催促着生命，使我们必须审视生命的意义。

后来，我还在一些场合做过相关的演说。我在这里抄录一些年轻人留下的墓志铭，他们让我进一步认识到了讨论死亡对于一个健康心理的建设，是多么重要。

“这里安息着一个女子，她了结了她人生的愿望，去了另外的世界，在这里永生。她的一生是幸福的一生，快乐的一生，也是贡献的一生，无憾的一生。虽然她长眠在这里，但她永远活着，看着活着的人们的眼睛。”

“高尚是高尚者的通行证。”

“我不是一颗流星。”

“生是死的开端，死是生的延续。如果我50岁后死，我会忠孝两全。为祖国尽忠，为父母尽孝。如果我5年后死去，我将会为理想而奋斗。如果我5个月后死去，我将以最无私的爱善待我的亲人和朋友。如果我5天后死去，我将回顾我酸甜苦辣的人生。如果我5秒钟后死去，我将向周围所有的人祝福。”

怎么样？很棒，是不是？

按照哲学家们的看法，死亡的发现是个体意识走向成熟的必然阶段。一个人的心理健康，更是和他的生命观念、死亡观念息息相关的。你不能设想一个对自己没有长远规划的人，会有坚定健全慈爱的心理。如果说在以上有关死亡的讨论中，我对此还有什么遗憾的话，就是年轻人普遍把自己的生命时间定得比较短。常有人说，我可不喜欢自己活太大的年纪，到了四五十岁就差不多了。包括现在有些很有成就的业界精英，撰文说自己35岁就退休，然后玩乐。因为太疲累，说说气话，是可以理解的。但认真地策划自己的一生，还是要把生命的时间定得更长远一些，活得更从容一些，面对死亡的限制，把自己的一生渲染得瑰丽多彩。

飘扬的长发与人生的幸福

接到一封读者来信，是一个名牌大学的男生写来的。他说恋爱过程连战累挫，女友抛弃了他，很痛苦，简直丧失了活下去的勇气。他问我拯救自己的方式是不是马上进入下一场恋爱。以前的每一位女友都有飘逸的长发，都是一见钟情。他说，我还要找一头长发的女孩，还要一见钟情。

通常的读者来信，我是不回的。但这一封，让我沉吟。他谈到了厌世和一个我不能同意的救赎自我的方法，我想对长发谈点看法。因为长发对他成了一种绝望与新生的象征。

早年间，看到很多女孩留长发，司空见惯了，也不去寻找这后面所包含的信息。后来，我偶然发现一位已婚女友的发式常有变化，有时是长发，有时是短发。刚开始我以为这是她出于美观或是时尚的考虑，后来她告诉我这和她的婚姻状况有关。如果这一阶段她和丈夫关系不错，她就梳短发。如果关系很僵，她就留长发。我说，哦，我明白了，头发和爱情密切相关。她笑话我，说亏你还是个作家呢，难道不知头发是人的第三性征？

后来，我见到她稳定地梳起了马尾巴。说实话，那一头飘扬的长发（她的头发不错），和她满脸的皱纹实在是有些不宜。好在我已明白了头发的意义，对她说，你是下定了离婚的决心，要重新寻找新的伴侣了。

她有些惊奇，说我还没来得及告诉你，你怎么就知道了？

我说是你的头发出卖了你。她抚摸着头发说，这是爱情的护照。

那以后就对长发渐渐地留意起来。

女性的头发的样式，表示她的婚姻状况，这是一种集体无意识，已经深深地刻在我们的骨骼上了。女孩子为什么要留长发？首先因为一个人的头发，是一个很好的晴雨表，可以反映这个人的健康状况。在中医学里，称“发为血之余”。一个人的头发是否健康，表示着他的血脉是否丰沛充盈，生命力是否蓬勃旺盛。服饰可以掉换，颜面可以化妆，但一个人的头发，是不能全面颠覆的。血自骨髓来，骨髓是一个人先天后天的精华之府。在骨髓的后面站着——肾。“肾主骨生髓”，这才是关键所在。众所周知，在东方人的文化中，“肾”并不仅仅是一个泌尿器官，而是和人的生殖系统有着极为密切的关系。

好了，现在我们已经逐渐捅到了问题的核心。长发在某种意义上，表达的是这个人“肾”的健康状况，也就是间接地反映着他的生殖潜能。当你以为只是展示你飘扬的长发的时候，你其实是在暴露你的健康史。

所以，一般说来，未婚的和期望求偶的女子，爱留长发。如果一个未婚女孩梳个短发，大家就会说她像个“假小子”。女子在结婚的时候，会把头发来一个改变。正如那首著名的歌曲中唱的：“谁把你的长发盘起，谁为你做了嫁衣？”

如今，对女子头发的要求，是越来越苛刻了。君不见某些品牌的洗发水广告，拍出的长发美女，那头发的长度已经到了一挂黑瀑的险恶境地。画面曲折表达的意思是——你想赢得性感高分吗？请向我看齐。潇洒到形销骨立的刘德华干脆说：我的梦中情人，有一头长发。潜台词即是：你想成为著名歌星的梦中情人吗？此处有一个绝好的机会——请用我们这个牌子的洗发水吧！

这种要求渐渐全方位起来。比如近年来的男性歌手组合“F4”的走红，除了种种因素之外，我觉得和他们形象中的一统长发有相当的关联。不单男性需要知道女性的健康和性征资料，女性也有同样的要求。女性的潜在的平等诉求被察觉和被满足，于是“F4”蓬松长发油然而生并一炮蹿红。

不厌其烦地就头发讨论了半天，是想说明“性”这个因素，是仅次于“食”的人类基本本能之一，它的影响力不可低估。它在很多时候，渗入到我们生活的种种缝隙中，以“缘分”甚至是“思想”这类面孔闪亮登场。

再来说说一见钟情。我是医生出身，见过若干“一见钟情”的生物学分析。在那些神话般的境遇之中，很可能是男女双方的体味在相互吸引，要么就是基因的配型有着某种契合，还有免疫互补……甚至，童年经验也在润物细无声地影响着我们。不要把“一见钟情”说得那么神秘，那么不可思议的权威。我们不是生活在真空，很多以为虚无缥缈的事件背后，有着我们今天还不能彻底通晓的物质基础。

在我们以为是天作之合的帷幕下，有时埋伏着的不过是人的本能这个老狐狸。我在这里绝没有鄙薄本能的意思，但作为主人，知道有乔装打扮的本能先生混在客人堆里一个劲儿地劝酒，觥筹交错时就要提防酩酊大醉，以防完全丧失了理智，被本能夺了嫡。

本能这个东西，很有意思。魔力就在于我们能否察觉它。它习惯在暗中出没，魔法无边。我们被它辖制而不自知，它就是君临天下的主宰，但是，如果把它揪到光天化日之下，它就像雪人一样瘫软乏力。假设那位来信的男生，知道了他期望找到一位长发女友这一先入的标准，不过是要查询和检验一个女子的生殖系统潜能和最近若干时间以来的健康状况，那么，他在考虑长发因素的时候，可能就有了更多的角度和更宽容的把握。

本能是很会乔装打扮的，它不狡猾，但它善变。能够识出它的种种变相，不仅要凭一己的经验，也要借助他人的心得和科学的研究。

如果有人现在对那个男孩子讲，你选择女友的标准只是看她如何性感，我猜他一定要反驳，说根本就不是那样浅薄。我们情投意合，我们非常默契。我要找到的就是和她在一起的这一份独特的感觉……

其实在婚姻这件事上，绝对的好或是绝对的坏，大约是没有或是极少的，有的只是常态，只是平衡，只是相宜。单凭某个孤立的条件来寻找爱人，怕是不够成熟的表现。你是一个什么人，你可要先认清，才好去寻找一个和你相宜的人。我很喜欢一个词，叫作“志同道合”，人们常常以为这句话是指事业，我觉得写给婚姻更妙。

有的年轻朋友会说，我找的是伴侣，火眼金睛地把对方认清了不就得了，干吗先要从自己开刀？

理由很简单。忠诚的人只能欣赏忠诚，而不能欣赏背叛。诚恳的人只能接纳诚恳，而不能接纳谎言。慷慨的人可以忍受一时的小气，却不会喜欢长久的吝啬。怯懦的人可以伪装暂时的勇敢，却无法在无尽的折磨中从容。谁想用婚姻改造人，只是一个幻彩的泡沫，真实只能是——人必然改造婚姻。

恋爱婚姻是一个寻找对方，更是寻找自己的过程。你整个的价值观和思想体系，都在这种亲密无间的关系中，得以延伸和凸显。

如果你把金钱当作人生的要素，你就不要寻找一个侠肝义胆的爱人。因为你即使在危难中曾受惠于他，但那是他的禀性，而非对你的赞同。当有一天你祭起“金钱至上”的大旗，无论你怎样千姿百媚，还是挽不回壮士出走的决心。

如果你荆钗布裙安于寡淡，就不要寻找一个鸿鹄千里的爱人。即使你以非凡的预见知道他会直抵云天，也不要向这预见屈服，把自己的一生押了出去。否则他的翅膀上坠着你，他无法自在遨游，你也被稀薄的空气掠得胆战心惊。

如果你单纯以色相示人，就要准备在人老色衰的时候，被厌恶和被抛弃。如果你喜欢夸夸其谈，你就等着被欺骗的结局吧。

物以类聚，人以群分。失恋男生喜欢长发和一见钟情，他就不断地被这些吸引。他把恋爱当成了一道算术题，当一个答案打上红叉的时候，他赶忙用橡皮擦掉笔迹，在毛糙的纸上写下另一个答案。殊不知他早已将题目抄错。

不要把长发当成唯一，一见钟情也没有什么神秘。我手头就有若干个例子，某些离散的婚姻，往往始于绚烂无缺的开端。比起开头来，人们更重视过程和结尾，这就是“创业难，守业更难”。这就是“行百里半九十”的含义。

我在一个有鸟鸣的清晨给这位男生回信。因为我已心境沧桑，而对方是一位青年，人在清晨的时候心脉比较年轻。我说，不要把人生匆匆结束，不要把恋爱匆匆开始。你把一件事做完再做另一件事好吗？

他很快给我回了信。他说，不是我没有做完，而是事情已经被女友提前结束。我复信说，为了你一生的幸福，你要把爱的前提，好好掂量，为此花费一点时间是值得的。没想清楚之前，旧的就不算真正结束，我明白你想用新鲜替代腐烂，想把新发丝黏结在旧发丝上让它随风飘扬……可你见过馊了的牛奶吗？如果你不把酸奶倒掉，不把罐子刷洗干净，便把新牛奶倒进去，那么，只怕很快我们就又要捂起鼻子了……

他已经久未来信了。我不知他是生我的气了，还是已酝酿了清新的爱情？

重剑无锋

有一天，接到一封信，看了之后，觉得很有意思。对于这样的信，常常不知道该怎样回，拖着，就更不知道如何回了。这封信，因为有很严格的时间界限，害得我马上就提笔回复。写完之后，很是踌躇，不知道面对这份信任，自己是否说得妥当？录在这里，期待着听到不同的意见。

毕老师：您好！

请教你一个问题，我希望你的答案能够与众不同。不要那么俗套，让我忍，我已经忍无可忍了。也不要说些个大而无当的话，那不解决我的具体问题。现在的局面是，我马上就要采取行动了，计划就定在下个星期一刚上班的时候。对了，说了这么半天，你还不清楚我的问题是什么，让我细细道来。我的主管是一个没多少能力的人，可他很虚伪，特别会来事，上上下下都被他哄骗了，只有我看得出他的野心。我的计划是公开揭露他一下。先把一杯残茶泼到地上，吸引整个办公室人员的注意力，然后开始慷慨激昂地一吐为快。你觉得我的计划可行吗？还有什么补充的意见？

杜力：你好！

看了你的信，第一个感觉是碰到了一位现代侠客。侠客的显著特色之一就是“路见不平拔刀相助”。看来你的上司主管并没有针锋相对地虐待过你，你说他特别会来事，想必他也能看出你不是一个等闲人物，对你也会安抚有加的。你的正义感和洞察力都令人钦佩，你想揭露他，是为了让大家彻底地认识这个人。而不是出于一己的私怨。我对于你要在写字楼里揭竿而起的勇气表示钦佩。

只是在具体的行动方针上，我有几点建议。首先人是理性的动物，你要采取这样一个举动，目的到底是什么呢？是为了公司的发展，还是为了社会风气的整肃？是为了匡扶正义，还是为了一出心中的恶气？也许你还有很多的出发点，这就只有你自己最清楚了。我有一个小小的推论——你不会是为了表示“众人皆醉我独醒”的超群智慧吧？

在人的众多欲望中，追求卓越是根本的出发点之一。这本无可厚非，但有的时候，我们会在它的指引下，采取鲁莽和过激的行动。所以，当你有时被非常强烈的冲动驱使着想做一件事的时候，不妨喝上一杯冰镇的冷水（其功效和用冷水浇头的力量差不多，只是在写字楼里，喝冰水是可以接受的，但用冷水浇头，落汤鸡似的出现在办公桌前，就有点不伦不类了）。然后安静地想一想，追问一下自己的目的究竟是什么？只有目标搞清楚了，你才会找出最相宜的处理方法啊。比如你是不忍心看到主管的行为给公司的根本利益带来损失，你可以直接和更高一级的领导对话，坦诚地谈出自己的看法，当然你要言之有据，不可以只是感情用事把主管的人品贬斥一番就万事大吉了。还要动之以情晓之以理，因为按照常理，公司的高层比你要更加关心公司的发展和前景，理由很简单，他们的薪水比你高，和公司的利益更加息息相关。

再有一点就是你要把自己的底线搞清楚。你的选择是会带来后果的，你现在有选择的自由，但你也要做好准备为自己的选择付出相应的代价。你说大家都被你的主管蒙骗住了，这样在某种程度上，你还是比较孤立的，算得上是一个独行侠了。如果你的行为得不到大多数人的理解，你又和主管的关系搞得很僵，从上到下的舆论可能就会一边倒，不是接受你，而更多的是主管在得分了。那样的话，很可能你就要面临被炒鱿鱼的后果，对这样的结局，你可有足够的心理准备？如果你打算破釜沉舟在此一搏，当然可以披荆斩棘昂首向前，如果你还没有做好最坏的准备，就要考虑得更缜密周全一些。

对于你把残茶泼在地上，然后慷慨激昂地一吐为快的方案，我基本上可以同意后半部分（如果你已忍无可忍的话），而对前半部分的摔杯持斟酌态度。我不知道你们的办公室地面是花岗岩还是木地板，但不管是何种材料，泼上带有枯枝败叶的褐色汁水，都是一番污浊景象。一不留神，可能还会摔个大马趴。义无反顾时不一定要把水泼到地上，当然我明白这是你在做一个宣言，表示自己覆水难收的决心，但真正的勇敢其实不在声音的大小和举动的决绝，而更在于坚守原则的执着。

还有一种可能的办法，我有点吃不准说出来你会不会骂我？既然你如此相信我，我也就开诚布公了。那就是其实你也可以和主管做一个交流。反正你已经做好了破釜沉舟的准备，为什么不可以和这个肇事的源头来个当面锣、对面鼓地敲打一番呢？有的时候，最危险的地方往往也是最安全的。你说主管讨好任何人，表面上看起来群众基础很牢固，其实内心很可能是自卑而且虚弱的，只有虚弱的人，才特别热衷于讨好他人。面对一个虚弱而八面玲珑的人，最好的策略是开诚布公和勇敢。你可以把自己的要求和希望说清楚，看看他是不是会有所转变。最起码也要让他知道，你已洞若观火，请他洁身自好，保持限度。我不敢打包票说一定会有效果，但你若有兴趣，不妨历练一下。比起残茶泼地，这种处理方法可能对你的考验和挑战更大一些，结局也可能更出人意料。古代有句话，叫作“重剑无锋”，侠客，你可愿一试？

毕淑敏

每只小狗都有一个目标

有一对夫妇有两个孩子，一个叫克里斯蒂，一个叫莎拉。当孩子还小的时候，父母决定为他们养一只小狗。小狗抱回来以后，他们想请一位朋友帮忙训练这只小狗。他们抱着小狗来到朋友家，安然坐下，在第一次训练前，女驯狗师问："小狗的目标是什么？"夫妻俩面面相觑，很是意外，他们实在想不出狗还有什么另外的目标。嘟囔着说："一只小狗的目标？那当然就是当一只狗了。"女驯狗师极为严肃地摇了摇头说："每只小狗都得有一个目标。"

夫妇俩商量之后，为小狗确立了一个目标——白天和孩子们一道玩，夜里要能看家。后来，小狗被成功地训练成了孩子的好朋友和家中财产的守护神。

这对夫妇就是美国的前任副总统阿尔·戈尔和他的妻子迪帕。他们牢牢地记住了这句话——做一只狗要有目标。推而广之，做一个人也要有目标。

在现实生活中，却有太多太多的人，没有目标。其实寻找目标并不是一件太难的事，关键是你要知道天下有这样一件唯此唯大的事，然后尽早来做。正是你自己需要一个目标，而不是你的父母或是你的老师或是你的上级需要它。它的存在，和别人的关系都没有和你的关系那样密切。也就是说，它将是你最亲爱的伙伴，其血肉相连的程度，绝对超过了你和你的父母，你和你的妻子儿女，你和你的同伴和领导的关系。你可能丧失了所有的财产和所有的亲人，但只要你的目标还在，你就还有一个完整的系统存在，你就并不孤独和无望。

我们常常把别人的期待当成了自己的目标，在孩童的时候，这几乎是顺理成章的事情。但是，你会渐渐地长大，无论别人的期望是怎样的美好，它也不属于你。除非有一天，你成功地在自己的心底移植了这个期望，这个期望生根发芽，长成了你的目标。那时，尽管所有的枝叶都和原本的母本一脉相承，但其实它已面目全非，它的灵魂完完全全只属于你，它被你的血脉所濡养。

我们常常把世俗的流转当成自己的目标。这一阵子崇尚钱，你就把挣钱当成了自己的目标。殊不知钱只是手段而非目标，有了钱之后，事情远远没有结束。把钱当成目标，就是把叶子当成了根。目标是终极的代名词，它悬挂在人生的瀚海之中，你向它航行，却永远不会抵达。你的快乐就在这跋涉的过程中流淌，而并非把目标攫为己有。从这个意义上说，钱不具备终极目标的资格。过一阵子流行美丽，你就把制造美丽保存美丽当成了目标。殊不知美丽的标准有所不同，美丽是可以变化的，目标却是相当恒定的。美丽之后你还要做什么？美丽会褪色，目标却永远鲜艳。

有人把快乐和幸福当成了终极目标，这也值得推敲。快乐并不只是单纯的快感，类乎饮食和繁殖的本能。科学家们通过研究，发现最长远最持久的快乐，来自于你的自我价值的体现。而毫无疑问，自我价值从属于你的目标感，一个连目标都没有的人，何谈价值呢！

一棵树的目标也许是雕成大厦的栋梁，也许是撑一把绿伞送人阴凉，也许是化作无数张白纸传递知识，也许是制成一次性筷子让人大快朵颐……还有数不清的可能性，我们不是树，我们不可能穷尽也不可能明白树的心思。我们是人，我们可以为自己确立一个目标，这是做人的本分之一。

伊索的纠正

伊索这个两千五百年前古希腊的奴隶，说了那么多脍炙人口的寓言。时间的流逝将他的警句打磨得晶莹剔透，成了放之四海的真理。

有一天我说起钱多的害处，一朋友听得频频点头。末了她说，你说的都对，只是你并没有钱。没有钱，就使你的话大为褪色，因为狐狸吃不到葡萄……

——就说葡萄是酸的！我和她异口同声。

我说，那么有多少钱才可获得评判钱的资格？

她迟疑了一下说，现如今，怎么也得有个十万元以上吧？要是通货不断地膨胀下去，过两年大约得有一百万元才能有对钱的发言权。

我说，按照你的理论，中国现时的大多数人都是钱盲了？

她说，按照伊索的葡萄定律，恐怕就是这样。

我说，伊索活在26个世纪以前，那时候你想知道葡萄的滋味，只有靠舌头尖去尝。我们就不苛求伊索了，但这实在是一个谬误。或者说在狐狸的层面，这是一条定律；但在人的层面，它就失去了真理的光辉。

世上除了吃过葡萄的狐狸可以发表对葡萄的评价以外（由于狐狸的品质问题，它还进行了错误的舆论导向），谁还有资格评判葡萄的酸甜？

我想，起码种葡萄的人是可以说话的吧？

那就是说，一个辛勤的劳动者，即使吃不到葡萄，也能指点葡萄的优劣。

其次是葡萄的研究者。优良的葡萄品种一定要有知识的参与，研究了它的父本和母本，学者在书斋里也可说出此种葡萄的大致味道。

甚至多管闲事的人，也可以知道葡萄的滋味。他在化验室里，把葡萄汁挤出来，过滤蒸发，定量分析，含糖度就出来了。一颗葡萄不吃，照样说得准确无误。你说是也不是？

朋友说，那倒也是。

我再说，要知道葡萄的味道，需要吃多少葡萄？摘一大缸，那是为了酿酒。掬一大捧，那是饕餮之徒，吃多了留神拉肚子。真要想知道葡萄的滋味，一颗就足够了，一叶而知秋嘛。

朋友说，你说的也有几分道理。

我接着说，那你为何剥夺普通人评论钱的资格呢？我们都在劳动，都是财富的制造者，这就有了最初的资格。我们虽然钱少，一块钱总是有的，这就是可供品尝的那颗葡萄。更不用说社会发展到了今天，书本知识极大地丰富了人们的视野，不会游泳的教练也可以训练出破纪录的运动员，经过计算就可以准确地知道彗星和木星相撞的时间……知道葡萄酸甜的途径太多了，品尝只是最原始的一种。

朋友说，你敢批判伊索？我还是不服。

我说，伊索要活到今天，凭他那样的聪明人，一定会说：不论狐狸说什么，让我们听科学的话吧。

丘吉尔教我绘画

温斯顿·丘吉尔作为1953年诺贝尔文学奖的获得者，我最喜欢的是他的一篇散文——《我与绘画的缘分》。

文章的第一句话就吸引了我——“年过40而从未握过画笔，老把绘画视作神秘莫测之事”。老丘吉尔实事求是地坦露心迹，使我感到亲切。

我总是把是否使人亲切当作一件很重要的事，这证明我实在是个平凡的人。但这个世界上多的是平凡人，少的是伟人。能够听一个伟人说平常的话，不知为什么，就更多一份感动。

人们要说同某件事的缘分，多从遥远的童年讲起。每逢看到这种回忆的时候，我就不由自主地微笑。这笑容并不完全是善意，因为我怀疑他们的记忆已在多年的沉淀中变质。

老丘吉尔的坦率（起码我相信在这件事上他说

的是真话），使我饶有兴趣地往下看文章。以前我常常忍着心中的不快，读一些在气氛上使自己不喜欢的东西，以为自有一份神秘埋在深处，有一种甘当读书苦行僧的修炼意志。随着年龄渐长，我的耐心被腐蚀了，变得越来越不善于忍受。一旦我在某人的文章中嗅出矫情与做作，即掉头离去再不勉强自己。

老丘吉尔在绘画这个神奇的领域里，大开了眼界。他很希望别人也能体验到这一番快乐，就眉飞色舞地不厌其烦地讲述那些在专业绘画人员看来不屑一顾的常识。比如“油画颜料比水彩颜料更好”，“调色刀可以一下子就把一个上午的心血从画布上铲除干净”……

我在这些近似天真的话语里看到了老丘吉尔得意的神色。我想，他是一定听别人讲过类似的诀窍，但是他忘了。或者他没忘，但觉得这不是自己的亲身感受，于是不予在意。只有经过自己肆意舞动画笔，才深刻地体察了这些教条的可爱，忍不住再说一遍。他这一说，就说出了和别人不同的味道。他写了第一次绘画时人对画布的恐惧，然后是一种征服调色板的快意。他写了对光的神秘的感悟，对美术高手的倾慕，绘画对于旅游的调剂，甚至说到了在绘画的案台前和在教堂里站立时的不同感觉……

这些渗透了幽默的话语，令人会心一笑。最后兴致陶陶的老丘吉尔简直像个颜料商似的，赤膊跳出来说：“买一盒颜料，尝试一下吧……惠而不费，独立自主，能得到新的精神食粮和锻炼，在每个平凡的景色中都能享有一种额外的兴味，使每个空闲的钟点都很充实，都是一次充满了销魂荡魄般发现的无休止的航行……”

这真像是广告词，幸而老丘吉尔没有说出某种颜料的具体牌号，才使人确信他襟怀坦荡。

读了老丘吉尔的这篇大作之后，我想在我一生的某个时候，我可能要拿起画笔，试着画点什么。我得说是老丘吉尔鼓励了我这样做，是他教我画画的。当然他绝不是一个好的画师，也许我孤陋寡闻，不知他有何传世的画品留下。即使有，我想也不是因了画技的高超，而是沾了几重的名气。但他鼓励了我，一篇好的文学作品可以鼓舞人，不仅是在宏大的观念上，有时也会在一件极小的事情上。

我常常在文学作品中寻找处境这种东西，或者简言之是一种状态。大到对宇宙的看法，小到对一枚绣针的观察。当我得知在这个世界上很远的地方，有一个人会和我有一种共识的时候，心灵就模模糊糊但是毫不迟疑地暖和起来。当我打开一部书的时候，我会有一种朦胧的自己的心被他人诉说的期望。假如我的这种期望始终得不到满足，我就会合上这本书，并对别人说：它不好看。

也不可把自己实践画画的起因全归结于老丘吉尔。他只是一个触媒，最原始的愿望早已结成蛹，潜藏在暗处。当我写作的时候，面前常会出现一个场景或是朦胧的颜色，我想要是能把它凝固下来，起码对我个人是有益处的，在创作中断之后看一眼，就可迅速进入氛围……（这只是我的想象，实践起来不知会是怎样。）

假如没有老丘吉尔，这个想法就会永久地冬眠。看了他的这篇散文，在某个阳光明媚的早晨或是狂风大作的夜晚，也许我会拿起画笔一试。

只是我用的可能是老丘吉尔所不屑的水彩颜料，而不是他所说的油画颜料。我喜欢水彩稀薄的美丽。

布雷迪的猴子

当心理医生的朋友，给我讲过一个故事——布雷迪的猴子。

布雷迪不是一座山，也不是一片茂密的原始森林，而是一位科学家的名字。

那是一个晴朗的日子，两只猴子各自坐在它们的椅子上，像平常一样开始了生活。但宁静仅仅维持了片刻，二十秒钟后，它们猛地同时遭到一次电击。这当然是不愉快的感受了，猴子们惊叫起来。

被仪器操纵的电源，毫不理睬猴子们的愤怒，它均匀恒定地释放电流，每二十秒钟准时击发一次。猴子们被紧紧地缚在约束椅上，藏没处藏，躲没处躲，只得逆来顺受。

但猴子不愧为灵长目动物，开始转动脑筋。很快它们发现各自的椅子上都有一个压杆。

甲猴在电击即将来临的时候掀动压杆，电击就被神奇地取消了，它俩也就一同逃脱了一次痛苦的体验。

乙猴也照样揿动压杆。很可惜，它手边的这件货色是摆样子的，揿与不揿，对电击没有任何影响。也就是说，乙猴在频频到来的打击面前，束手无策。

实验继续着。甲猴明白自己可以操纵命运，它紧张地估算着时间，在打击即将到来的前夕，不失时机地揿动压杆，以避免灾难。当然它有时成功，有时失败。成功的时候，它俩就有了短暂的休息，失败的时候它们就一道忍受电流的折磨。

时间艰涩地流淌着，实验结果出来了。在同等频率同等强度电流的打击下，那只不停揿动压杆疲于奔命的甲猴子，由于沉重的心理负担，得了“胃溃疡”。那只听天由命无能为力的乙猴子，安然无恙……

假若是你，愿做布雷迪实验里的哪一只猴子？朋友问。

我说，我是人，我不是猴子。

朋友说，这只是一个比方。其实旋转的现代社会和这个实验有很多相同之处，频繁的刺激接踵而来，人们生活在目不暇接的紧张打击之中。大家拼命地在预防伤害，采取种种未雨绸缪的手段。殊不知某些伤害正是在预防之中发生的，人为的干预常常弄巧成拙适得其反……所以人们有时需要无奈，需要阿Q，需要随波逐流，需要无动于衷听其自然……

我说，我对这个心理学经典的实验没有发言权。如果布雷迪先生只是借此证明强大的心理压力可以致病，无疑是正确的。

停了一会儿，我对她说，你刚才问假如是我，会在猴子中做怎样的选择？经过考虑，我可以回答你——我愿意做那只得了“胃溃疡”，仍在不断掀动压杆的猴子。

朋友惊讶地笑了，说为什么？她问过许多人，他们都愿做那只无助而健康的猴子。

我说，那只无助的猴子健康吗？每隔二十秒钟准时到来的电击，是无法逃脱的，不以个人意志为转移的恶性刺激，日复一日，终有一天会瓦解意志和身体，让它精神失常或者干脆得上癌症。

它暂时还没有生病，那是因为它的同伴不断地掀动压杆，为它挡去了许多次打击。在别人的护翼下活，把自己的幸运建筑在他人的辛苦与危险中，我无法安心与习惯。

再说那只无法逃避责任的甲猴，既然发现了可以取消一次电击的办法，它继续摸索下去，也许能寻找出更有效的法子，求得更长久的平安。压下去，拖延时间，也许那放电的机器会烧坏，通电的线路会折断，椅子会倒塌，地震会爆发……形形色色的意外都可能发生，只要坚持下去就有希望。

一百种可能性在远方闪光，避免一次电击，就积累了一次经验。也许实践会使它渐渐熟练起来，心情不再紧张悲苦，把掀动压杆只当成简单的游戏……不管怎么说，行动比单纯的等待更有力量。一味地顺从与观望，办法绝不会从天上掉下来。

当然最大的可能是无望，呕血的猴子无奈地掀动压杆到最后一刻……即使是这样，那我也绝不后悔。

因为——

假如我和那一只猴子是朋友，我愿意把背负的重担留给自己。

假如我和那一只猴子是路人，我遵照我喜爱探索的天性行事。

假如我和那一只猴子是敌手，我会傲然地处置自己的生命，不在对方的庇荫下苟活。

所以，天造地设，我只能做那只得“胃溃疡”的猴子了。

柱子的弹性

有一个故事，说的是一根柱子。一根300年前的柱子。那根柱子很坚固，支撑着一座宏伟的大厅。那座大厅很大，大到修建的时候，没有人相信一根柱子就能支撑起沉重的穹顶。年轻的建筑师用了种种的科学方程式，来证实他的这根柱子是何等的牢靠和坚固，足够应用。但是，人们虽然不能反对他的公式，但却可以反对由他来担当这座市政大厅的总设计师。

年轻的设计师面临着一个选择。如果他坚持他的设计，那么，他的设计就永远停留在纸上了。如果他变更他的设计，那么人们就看不到这根独撑穹顶的柱子了。设计师沉吟再三，修改了他的图纸，又添加了四根柱子。人们对这个更加稳妥的设计拍手叫好，据此建起了壮丽的大厦。

很多年过去了。年轻的设计师变成了墓碑，大地震袭击了城市。很多建筑都倒塌了。唯有具有五根柱子的市政大厅依然巍峨耸立。人们说，幸亏有五根柱子啊！

终于到了维修的时刻。人们惊讶地发现，除了最早设计的那根独撑天下的柱子，其余的四根柱子，距离穹顶都有一个窄窄的间隙。也就是说，它们并不承接穹顶的重量，只是美丽的摆设。

于是人们惊叹这匪夷所思的设计，给予设计者以排山倒海的赞美。回答他们的只是墓草的摇曳。

设计师没有收获生前的称誉，但他收获了一根柱子。设计师是可以怒发冲冠一走了之的，但为了他的柱子的诞生，他妥协和避让了。设计师是可以在事成之后，即刻就公布他的计谋的，但为了他的柱子无可辩驳的质地，他保持了宁静的缄默。设计师是可以在一份遗嘱或是一部著作中，表达他的先见和果敢的，但为了他的柱子的荣誉，他不再贪恋丝毫的浮华。设计师为了他的柱子，隐没在历史的尘埃之中。

这是一根有弹性的柱子。他的设计者把自己的性格赋予了它，于是柱子比设计师活得更长久。

发出声音永远是有用的

有一年，我应邀到一所中学演讲。中国北方的农村，露天操场，围坐着几千名学生，他们穿着翠蓝色校服，脸蛋呈现出一种深紫的玫瑰红色。冬天，很冷。

我从不曾在这样冷的地方讲过这么多的话。虽然，我以前在西藏待过，经历过-40℃的严寒，但那时军人们急匆匆像木偶一般赶路，缄口不语，说话会让周身的热量非常快地流失。这一次，吸进冷风，呼出热气，在腊月的严寒中面对着一群眼巴巴的农村少年谈人生和理想，我口中吐冒一团团的白烟，像老式的蒸汽火车头。

演讲完了，我说，谁有什么问题，可以写个纸条。这是演讲的惯例，我有什么地方说得不妥当，请大家指正。孩子们掏出纸笔，往手心哈一口热气，纷纷写起来。老师们很负责地在操场上穿行，收集纸条。

我打开一张纸条。上面写着：我很生气，这个世界是不平等的。比如，我为什么是一个女孩呢？我的爸爸为什么是一个农民？而我同桌的爸爸却是县长？为什么我上学要走那么远的路，我的同桌却坐着小汽车？为什么我只有一支笔，他却有那么大的一个铅笔盒???

我看着那一排钩子一样的问号，心想这是一个充满了愤怒的女孩，如果她张嘴说话，一定像冲出了一股乙炔，空气都会燃起蓝白的火苗。

我大声地把她写的条子念了出来。那一瞬，操场上很静很静，听得见遥远的天边，有一只小鸟在嘹亮地歌唱。我从台子上望下去，一双双乌溜溜的眼珠，在玫瑰红色的脸蛋上瞪得溜圆，还有人东张西望。估计他们在猜测纸条的主人。

据说孩子们在妈妈的肚子里，就能体会到母亲的感情。很多女孩子从那个时候，就感受到了这个世界的不平等，因为你不是一个男孩，你不符合大家的期望。

这有什么办法吗？没有。起码在现阶段，没有办法改变你的性别。你只有认命。我在这里说的“命”，不是虚无缥缈的命运，而是指你与生俱来的一些不能改变的东西。比如你的性别，比如你的相貌，比如你的父母，比如你降生的时间、地点……总之，在你出生以前就已经具备的这些东西，都不是你所能左右的。你只能安然接受。

不要相信对你说这个世界是平等的那些话，在现阶段，这只是一厢情愿。不过，你不必悲观丧气，其实，世界已经渐渐在向平等的灯塔航行。比如100年前，你能到学堂里来读书吗？你很可能裹着小脚，在屋里低眉顺眼地学做女红。县长的儿子，在那个时候，要叫作县太爷的公子了，你怎么可能和他成为同桌？在争取平等的路上，我们已经出发了。记住，没有什么人承诺和担保你一生下来，就享有阳光灿烂的平等。你去看看动物界，就知道平等是多么罕见了。平等是人们智慧的产物，是维持最大多数人安宁的策略。你明白了这件事情，就会少很多愤怒，多很多感恩。你已经享受了很多人奋斗的成果，你的回报，就是继续努力，而不是抱怨。

身为女子，你不要对这样的不平等安之若素。你可以发出声音。说了和没有说，在暂时的结果上可能是一样的，但长远的感受和影响是不一样的，对你性格的发展是不一样的。而且，只要你不断地说下去，事情也许就会有变化。记住，发出声音永远是有用的，因为它们可能会被听到并引发改变。

说实话，让一个受到忽视的女孩子，很小就发出对自己不公平待遇的呐喊，几乎是不可能的。但我思索再三，还是决定保留这个期望。因为今天的女孩，也可能变成明天的母亲。如若她们因循守旧，照样端起了不平等的衣钵，如若她们的女儿发出呼声，也许能触动她们内在的记忆，事情就有可能发生变化。当然了，如果女孩子长大了，到了公共场合，这一条就更要记住并择机实施。记住，呐喊是必需的，就算这一辈子无人听见，回声也将激荡久远。

心是一只美丽的小箱子

小时候上学，很惊奇以“心”为偏旁的字，怎么那么多？比如：念、想、意、忘、慈、感、愁、思、恶、慰、慧……哈！一个庞大的家族。

除了这些安然地卧在底下的“心”以外，还有更多迫不及待站着的“心”。这就是那些带“竖心”旁的字，比如：忆、怀、快、怕、怪、恼、恨、惭、悄、惯、惜……原谅我就此打住，因为再举下去，实在有卖弄学问和抄字典的嫌疑。

从这些例证，可以想见当年老祖宗造字的时候，是多么重视“心”的作用，横着用了一番还嫌不过瘾，又把它立起来，再用一遭。

其实从医学解剖的观点来看，心虽然极其重要，但它的主要工作，是负责把血液输送到人的全身，好像一台水泵，干的是机械方面的活，并不主管思维。汉字里把那么多情绪和智慧的感受，都堆到它身上，有点张冠李戴。

真正统率我们的思想的，是大脑。

大脑是一个很奇妙的器官。比如学者用“脑海”来描述它，就很有意思。一个脑壳才有多大？假若把它比成一个陶罐，至多装上三四个大“可乐”瓶子的水，也就满满当当了。如果是儿童，容量更有限，没准刚倒光几个易拉罐，就沿着罐子口溢出水来了。可是，不管是成人还是小孩的大脑，人们都把它形容成一个“海”，一个能容纳百川波涛汹涌的大海。这是为什么？

大脑是我们情感和智慧的大本营，它主宰着我们的思维和决策。它能记住许多东西，也能忘了许多东西。记住什么忘却什么，并不完全听从意志的指挥。比方明天老师要检查背诵默写一篇课文，你反复念了好多遍，就是记不住。就算好不容易记住了，到了课堂上一紧张，得，又忘得差不多了。你就是急得面红耳赤抓耳挠腮，也毫无办法。若是几个月后再问你，那更是云山雾罩一塌糊涂。可有些当时只是无意间看到听到的事情，比如路旁老奶奶一句夸奖的话，秋天庭院里一片飘落的叶子，当时的印象很清淡，却不知被谁施了魔法，能像刀刻斧劈一般，永远留在我们记忆的年轮上。

我不知道科学家最近研究出了哪些关于记忆和遗忘的规则，反正以前是个谜。依我的大胆猜测，谜底其实也不太复杂。主管记住什么忘记什么的中枢，听从的是情感的指令。我们天生愿意保存那些美好、善良、友谊、勇敢的事件，不爱记着那些丑恶、虚伪、背叛、怯懦的片段。当然这并不是说人应该篡改真相，文过饰非虚情假意瞎编一气，只是想说明我们的心，好像一只美丽的小箱子，容量有限。当它储存物品的时候，经过了严格的挑选，把那些引起我们忧愁和苦闷的往事，甩在了外面，保留的是亲情和友情。

我衷心希望每个人的小箱子里，都装满光明和友爱。

致被强暴的女人

在我的书案上，摆着一封女人的来信。当我撕开它的时候，心境像往日一般平和。在阅读的过程中，那些纸片像火焰一样抖动起来，灸痛了我的双眼。

这是一个52岁的女人，10年前她被一个男人强暴未遂，但心理留下了重创。这些年间，她以泪洗面，两次自杀，以致精神分裂。她的家庭也受到种种伤害，悲惨至极……

倾听这样一位凄苦姐妹的呼救，我仰天长叹沉思良久。

对于那个肇事者，法律和纪律已经作出了应有的裁决，阅读了有关的文件，我以为它们是公正的。

我知道这一位女人，还远远不是遭受此种凌辱的最甚者，更有许多悲愤的灵魂，在暗中哭泣。她们流出的不是眼泪，而是心头的鲜血。

作为女人，我们从小就有一种深深的恐惧，那就是被人强暴。这恐惧像空气一样追随着我们，直到女人们垂下苍白头颅的那一天。

假如被人强暴，女人啊，我们该如何面对厄运？

在中国古老的烈女集锦里，所有的女人在被人强暴后，都以自身死亡告终。被强暴就是失却了贞节，这奇耻大辱唯有女人以生命相抵，才可在人间留下一份清白。

斗转星移，今天的时代不同了。没有人要求被强暴的女人以一死而谢天下，但女人们在这自天而降的灾变之后，依然辗转于无尽的苦难之中。

对于腐坏一定要严加鞭挞，对于罪犯一定要施以峻法。我对这种丑恶的性侵犯的男人，报以刻骨铭心的仇恨。

即使将其中的罪大恶极者凌迟，被强暴的女人依然是被强暴过，这是一个无法改写的事实。

女人们，我们该怎么办？

死的已经死去，但我们还要活下去。

不要怨天尤人，不要自暴自弃。

不要在流言面前退缩，不要在众人面前低下高昂的头颅。

我们无罪，我们无辜。

不要像一盘旧磁带，总去回首那屈辱惨淡的一瞬。不要像痛失孩子的祥林嫂，逢人便悲切地复诉苦难。

不要靠旁人的叹息以安慰自己受伤的心灵，不要以暴烈的自戕来证实性格的刚正。

不要为这一朵阴云，从此暗淡了原属于我们的明媚的天空。不要为这一束荆棘，从此不再求索开满鲜花的草原。

强暴可以玷污我们的身体，但却不可折服我们的意志。

强暴可以使我们一时万念俱灰，但却不能使一个坚强的女性自此一蹶不振。强暴是一场悲哀的天灾人祸，有经验的老农蹲在田埂上，哭泣一阵，歇息一阵，拍拍身上的泥土，擦擦手中的农具，向远处望上一眼，他们又继续耕耘了。

假如我们被强暴，在做完了惩治凶犯的一切工作之后，拭干泪水，让我们重新开始吧。

丢掉有关那一刻所有的记忆，让我们像新生的婴儿一般坦荡。烧毁目睹我们灾难的旧衣服，让痛苦的往事一同化为飞烟。取清凉的山泉自头顶浇下，洗涤我们每一根如丝的长发。挑选一件更美丽的裙衫，穿上它快步行走在如织的人流中。

对生活中美好的事物，被强暴过的女人依旧可以发出真诚的微笑。

对生活中黑暗的角落，被强暴过的女人依旧可以发出强烈的谴责。

女人被强暴，是生命的记录上一处被他人涂抹的墨迹。轻轻擦去就是了，我们的生命依然晶莹如玉，洁白无瑕。强暴是发生于刹那的地震，我们需要久久地修复。但女性生命的绿色，必将覆盖惨淡的废墟。

让我们振作起来，面对强暴以及所有人为的灾难。这世上没有任何一种力量，可以强暴女性不屈的精神。

问女应几佳

某次承蒙权威机构信任，聘我担当评选某年度十佳人物的评委。仪式相当正规，差额选举，候选人有三十名，也就是说，最后只有三分之一的人士能够入选。除了放映每个候选人三分钟的录像资料以外，还要候选人当场演说，给评委们以更直观的印象。

在这样的规则之下，评选气氛显得凝重和庄严。我看到全部候选人端坐会场，面容紧张。但我马上变得比所有的候选人都更紧张。因为我发现了一个令人震惊的问题——女性仅占全部候选人的十分之一！我立即翻阅了有关资料，最后悲哀地确定：在三十名候选人当中，女性只有三名。

也就是说，如果按照这个比例当选的话，十佳之中，女性只占一佳。我不知道有关部门在确定候选人名单的时候，心中是否就已经有了这样一个悬殊的比例，但普通民众很可能看到的就是这样一个畸形的结果。有心人会发现在各种表彰当中，性别比例严重失调，总是向男性方向一边倒，女性稀少。我第一次发觉这个怪事，是报上登载的“见义勇为标兵”，其中九名男性一名女性。虽顿生诧异，转而暗想，也许女性因为体力的弱小和外出机遇的差别，与歹徒搏斗或是扑灭山火这样的壮举比较少，才出现了这般显著的差异。以后开始注意这个问题，才意识到情况绝非偶然。在“十佳青年”“十佳劳模”“十佳职工”等评选中，留给女性的常常只有十分之一的份额。

甚至，连“再就业明星”这样的评选中，女性的比例也是十分之一，真令人大惑不解。众所周知，在裁员和下岗的风潮中，劳动女性首当其冲，她们承担了经济改革中很大的成本和风险，她们在困境中不断地挣扎和奋斗，取得了悲壮和绚烂的成就。但即使在这样用泪水和血汗铺设的领域里，女性的业绩被肯定和彰显的仍然少得可怜。我不信，偌大的一个中国，就评选不出更多几名的女性，成为新时代的楷模?! 只能说在某些制定规则的人那里，头脑中凝固着一个不成文的框框——女性的平均水准低下，和男性相比，她们永远是配角，难登大雅之堂。

会场上，我思前想后，最后写了一张纸条，辗转传到会议主席手里，要求一个三分钟的特别发言。我看到了主席的惊讶和迟疑。是的，何时投票何时唱票，会议都有严谨到几时几分的议程，一个社会评委插的什么杠子？感谢他的信任，在片刻的斟酌之后，主席很温和地答复，您有什么意见要讲吗？请说吧，座席上有麦克风。我说，我的意见很重要，所以，我想站到主席台上讲。

我走到主席台上，面对着所有的评委和三十名候选人说：我要拉票。为一个处于弱势的性别拉票。男女平等是写在我们党和国家的纲领中的，是我们的国策。新中国成立已经半个世纪了，中国的女性已经有了长足的进步。在这样一个面向全民的表彰当中，女性只占十分之一的份额，我觉得是不公平的。我期待着今后的评比，从候选人的推荐开始，就要给女性以机遇，再不要出现九比一的差异。具体到这一次的评选，因为已来不及推荐新人，我希望评委们能把自己的一票，投给女性候选人。即使她们全部当选，也只占百分之三十，仍然是少数，而榜样的力量是无穷的。

那一天的评选结果，十佳中有两名女性当选。主席很诚恳地对我说，谢谢您的发言，让我们的失误有所弥补。我说，期待着你们的工作，给女性以光明，给性别以平等，给社会以公正，给明天以祝福。

佑护灾难中的孩子

朋友给我讲过这样一个故事。

一位年轻的母亲，抱着三岁的女儿，乘坐长途汽车。旷野的高速公路上突然起了浓雾，气团包抄过来，好像牛奶翻滚。司机就把车靠在紧急停车带，耐心等待。过了许久，雾渐渐稀薄些，为了赶时间，司机就上路了。雾大，管理站封锁了高速公路，路面上几乎没有一辆车。司机就很放心地加快了速度。惨案就在此时发生。当司机发现前面有一辆货车抛锚时，尽管把刹车全力踩死，客车车头还是拱入了货车车厢。

货车上满载着的钢筋，在客车巨大的惯性之下，化成锋利的长矛，将客车前三排座位齐刷刷戳透，无数鲜血喷溅而出……

那位抱着孩子的母亲，当场死了。也许是生命的本能，也许是冥冥中的神灵指点，总之在那电光石火的恐怖刹那，母亲把女儿猛地往下一压，一根钢筋擦着小姑娘的头皮刺了过去，小女孩连一根头发都没有伤着。

客车停住了，后排座位上幸免于难的人们，在庆幸自己命大的同时，竭力抢救着前排的乘客。

听人说，那三岁的小姑娘，爬起来仔细地看了看自己的母亲，第一句对别人说的话是——我妈妈流了这么多的血，她死了。

她默默地看着人们翻动妈妈的尸体，过了一会儿，当人们放弃抢救的希望，抱起孩子时，听到她清清楚楚地说的第二句话是——我妈妈死了之后，我不要后妈。

给我转述这个悲剧的朋友发着感慨：你看看如今的孩子，真是小精灵！当时就知道她妈妈死了，也不哭。然后马上就想到了后妈的事，心眼儿可真多啊！都是看电视学来的。大伙儿听说了，都不信这么大的孩子，就这么能琢磨。有的人不信，后来见了面就当场试验。问那孩子，你知道发生了什么事吗？

我说，那孩子是怎么回答的呢？

朋友说，还真像别人学的那样，你一问，那小姑娘就说，我妈流了好多好多血……一下子就死了……我听见头顶上“轰”的一声……我不要后妈……

我说，后来呢？

后来问的人太多了，小姑娘好像觉出了什么，就不说了。什么都不说，充满仇恨地看着你。

我说，事件怎么处理的？

朋友说，客车和货车打官司，都说对方的责任大。死者家属不让火化尸体，人就一直在冰柜里冻着。为了催促解决，死者家属联名上访，拖家带口地集体告状……

我焦虑地问，在大家做这些事的时候，那个小姑娘在哪儿呢？

朋友说，她在哪儿？她还能在哪儿？当然是跟着她爸爸了。大伙说什么，她就听着呗。上访的时候，大伙儿教她跟领导说，要是不赔我们家钱，就不把我妈妈从冰柜里拉出来。

我说，小姑娘说了吗？

朋友说，她说了啊。她爸、姥姥、姥爷、爷爷、奶奶都让她这么说，她哪能不说啊。你还别说，这孩子一出动，哀兵动人，就是管事。领导当时就批了——从厚抚恤。家里人领了一笔钱，后事就办了。

我说，后来呢？

朋友说，还有什么后来？后来就一切都结束了呗！该上班的上班，该上学的上学，各就各位。

我说，那个小姑娘呢？

朋友说，不知道。可能一切都好吧。

我的心，被搅得深深不宁。直觉告诉我，绝不是一切都好！在那个女孩身上，发生了巨大的断裂和混乱。

我相信那个聪慧过人的小姑娘，会对她三岁时经历的这一惨案，留下刻骨铭心的记忆。

也许她会遗忘，忘得一干二净。从此，不记得那喷溅流淌的滚烫鲜血，那呼啸而过的恐怖之声，那骨肉横飞的悲惨场面，那被人传授的鹦鹉学舌……这些悲怆的恐惧和突然的失落，被人体的本能的保护机制，不由分说地压入了混沌的潜意识。

一片空白。因为这种猛烈的负面刺激，业已远远超过了一个幼童的心灵所能承载的负荷。然而，空白之下，依然汩汩地流淌着不息的血流。未经妥善处理的哀痛，绝不会无声无息地消解。它们潜伏在我们心灵的最底层，腐蚀着风化着灵魂的基石，日日夜夜睁着一只怪眼，折磨着我们永无安宁。

也许她什么都记得，但她什么都不说。对一个孩子来说，顿失母爱，是多么严酷陡峭的跌落！没有人能够替代母亲温暖的怀抱，没有人能够补起塌陷的太阳。孩子的世界，在这一瞬永远地变了颜色！从此，她沉默寡言，自卑自弃或是自怜自恋，她怨天尤人，不能从容接受别人的爱，也不能慷慨施与他人以爱，乖戾暴躁喜怒无常……世上游荡着一个冷漠孤寂的独影，到处洒下点点凄苦的清泪或是——永不流泪。

当然，事情也许会有另外的可能性，但我不敢盲目乐观。上述的发展趋势，并非危言耸听。我们曾在无数成人的心理障碍中，看到幼年不幸的浓重阴影。

天灾人祸之中，谁是最痛楚的受难者？是失去丈夫的妻子，还是失去妻子的丈夫？是失去子女的父母，还是失去父母的子女？

这样的比较，也许最终是无法完成的，旋涡中的每一个人都锥心泣血。但我还是要说，那个三岁的女孩，是最最需要佑护的人啊！

因为她稚弱，因为她敏感，因为她聪慧，因为她是惨案的最近目击者，因为她的心灵是一朵刚刚孕育的蓓蕾。

也许她的身上没有血痕，但我知道，她的心被洞穿。也许她的神经没有折断，但我知道，她的大脑激烈震荡。也许她的视力依然完好，但我知道，她的眼前出现了拂不去的昏暗。也许她的呼吸并不困难，但我知道，她的灵魂一次次地窒息……

我由此呼吁，在一切灾难的现场，我们不但要在第一时间，全力救助孩子身体上的创伤，而且要最大限度地保护他们稚嫩的心灵。尽快地将他们从恐怖的现场抱离，给他们以温暖的安全的庇护。不要诱发他们对悲惨处境无休止的回忆，不要出于成人的功利目的，将未成年人拉入处理后事的复杂局面。要由训练有素的人员，对突发灾难中的孩子，进行系统的医救和后续的治疗……

我不知那个三岁的女孩，现在何处？我希望她的家人能给予她无尽的关爱。我希望她能从悲怆中站起，我希望她安宁享有明媚的人生。

图书在版编目（CIP）数据

送你一颗光芒海 / 毕淑敏著. -- 北京 : 北京十月文艺出版社，2021.10（2025.5重印）
（毕淑敏散文集）
ISBN 978-7-5302-2134-1

Ⅰ. ①送… Ⅱ. ①毕… Ⅲ. ①散文集—中国—当代 Ⅳ. ①I267

中国版本图书馆 CIP 数据核字（2021）第 046595 号

送你一颗光芒海
（毕淑敏散文集）
SONG NI YIKE GUANGMANGHAI
毕淑敏 著

出　　版 北京出版集团
　　　　 北京十月文艺出版社
地　　址 北京北三环中路 6 号
邮　　编 100120
网　　址 www.bph.com.cn
发　　行 新经典发行有限公司
　　　　 电话（010）68423599
经　　销 新华书店
印　　刷 北京盛通印刷股份有限公司
版　　次 2021 年 10 月第 1 版
印　　次 2025 年 5 月第 2 次印刷
开　　本 880 毫米 ×1230 毫米 1/32
印　　张 7.75
字　　数 145 千字
书　　号 ISBN 978-7-5302-2134-1
定　　价 39.80 元
质量监督电话 010-58572393
如有印装质量问题，由本社负责调换。